TrioMortabella
Christiane Franke, Regine Kölpin, Manfred C. Schmidt
Liebe, Laster, Leichen

LEDA

TrioMortabella
Christiane Franke, Regine Kölpin, Manfred C. Schmidt
Liebe, Laster, Leichen
Im Altersheim ist nicht gut Kirschen essen
1. Auflage 2009
Originalausgabe
ISBN 13: 978-3-939689-28-7
© Leda-Verlag. Alle Rechte vorbehalten
Leda-Verlag, Kolonistenweg 24, D-26789 Leer
info@leda-verlag.de
www.leda-verlag.de

Satz: Heike Gerdes
Titelillustration: Carsten Tiemeßen
Gesamtherstellung: Aalexx Buchproduktion GmbH, Großburgwedel
Printed in Germany

TrioMortabella

Christiane Franke, Regine Kölpin, Manfred C. Schmidt

Liebe

Laster

Leichen

Im Altersheim ist nicht gut Kirschen essen

LEDA

INHALT

Regine Kölpin: Frieden hat seinen Preis.................................. 7

Manfred C. Schmidt: Das passt! 14

Christiane Franke: Tierische Freundschaft 23

Regine Kölpin: Der Huchen 27

Christiane Franke: French 75 37

Manfred C. Schmidt: Ich war's... 44

Christiane Franke: Immer wieder dienstags 52

Regine Kölpin: Der letzte Kampf 61

Manfred C. Schmidt: Und was ist mit Tee?............................. 73

Christiane Franke: Akku leer 77

Regine Kölpin: Hahnenschrei 81

Manfred C. Schmidt: Kirschen aus Nachbars Garten 86

Regine Kölpin: Magdas neues Leben 97

Christiane Franke: In aller Stille 105

Manfred C. Schmidt: Nur Zuschauer 114

Regine Kölpin: Nur zu zweit 117

Christiane Franke: Schön, dass Sie da sind 121

Regine Kölpin: Zu viel 124

Christiane Franke: Der Meistertitel 130

Regine Kölpin: Das Spiel 142

Christiane Franke: Der Tod kommt nach Hooksiel 149

Regine Kölpin: Janosch 160

Das Trio Mortabella 172

Regine Kölpin

FRIEDEN HAT SEINEN PREIS

Da, wo ich jetzt lebe, herrscht Krieg. Seit Frau Jonathan eingezogen ist.

Die Jonathan ist in ihrem früheren Leben wichtig gewesen.

Jetzt natürlich nicht mehr. Hier sind wir alle gleich, auch wenn sie das noch nicht eingesehen hat. Wir warten nun mal darauf, dass es zu Ende geht, und versuchen einfach, das Beste daraus zu machen.

Die Jonathan glaubt aber anscheinend, sie könne noch so richtig etwas reißen und Stunk machen. Ich weiß wirklich nicht, was die sich einbildet, warum sie meint, auch nur einen Deut besser zu sein als wir.

Einen richtigen Beruf hat sie schließlich nicht gehabt. Sie war eben die Frau an seiner Seite. Ein Schicksal, das viele weibliche Wesen meiner Generation ertragen mussten. Aber ihr Job in dieser Position hat auch nur ein halbes Leben lang gedauert, danach kam sie rasch in die Kategorie der trauernden Witwe. Ich denke, das Schwarz hat ihr gut gestanden. Besser als diese lächerlichen Fummel, die sie jetzt trägt. In ihrem Alter!

Schon am ersten Abend hat uns die Jonathan erzählt, wie früh ihr Mann von ihr gegangen war. Das habe ich ihr aufs Wort geglaubt. Kein normaler Mensch hätte versucht, das Risiko einzugehen, sie zu überleben. Ich finde es überaus verständlich, dass ihr Gatte es vorgezogen hat, schon vor ihr ins Gras zu beißen. Jedenfalls ist es in unserem Zuhause hier recht ruhig und friedlich gewesen. Bis sie gekommen ist.

Gleich am ersten Abend tuckerte sie mit ihrem Rollstuhl in so einem Affenzahn in den Speisesaal, dass der pinkfarbene Seidenschal fast waagerecht hinterherwehte und der Else dabei in die Augen flog. Während des ganzen Essens saß die Arme tränenüberströmt da. Dazu kam, dass Gabriel, unser Zivi, vor Schreck einen Schritt rückwärts gemacht hat. Die Arme hat er hochgerissen und dann ist er gestolpert. Dabei ist er gegen meinen Rollator gefallen und hat sich die Hüfte gebrochen. Richtig geknackt hat das. Sogar ich habe das gehört, obwohl meine Ohren auch schon bessere Zeiten gehabt haben.

Entschuldigt hat sich die Jonathan aber nicht. Weder bei Gabriel noch bei Else. Und das wäre wohl das Mindeste gewesen, finde ich. Sie meint, der Sturz des Zivis sei so etwas wie ein Betriebsunfall gewesen, sonst sei es doch wohl eher so, dass den Bewohnern etwas zustoße. Das sei ausgleichende Gerechtigkeit. Außerdem wäre es für den jungen Mann ohnehin sinnvoller gewesen, er hätte gedient, als dass er hier herumhinge. Dann wäre sicher auch etwas aus ihm geworden. Schließlich müsste das Land verteidigt werden. »Frieden hat seinen Preis!«

Ich bin mir bis heute nicht sicher, ob das so stimmt. Dienst am Menschen ist doch ein guter Ansatz. Aber ich habe meine Klappe gehalten. Um des lieben Friedens willen. Ich wollte keinen Krieg.

Dieser Abend ist dennoch der Auftakt zur Schlacht gewesen. Denn Gabriel ist schon unser heimlicher Schwarm. Nicht nur, weil er wie der Erzengel heißt. Gabriel hat immer ein nettes Kompliment für uns. Er heißt eben nicht nur wie ein Engel, er ist auch einer. Doch nun ist klar, dass er seinen Dienst vorerst unterbrechen muss.

Als der Krankenwagen mit Gabriel abgefahren ist, wussten wir auch, warum die Alte es getan hat. Strammgestanden hat sie im Eingang. Die Handkante an der Stirn. Ihr Verblichener ist nämlich irgendein Feldwebel gewesen, der sein Leben heroisch in einer Schlacht gelassen hat. Wer es glaubt. Ich bin nach wie vor der Ansicht, dass er freiwillig nicht mehr nach Hause kommen wollte. Aber das sagte man ja nicht laut. Jedenfalls sind für solche Leute Zivildienstleistende so etwas wie natürliche Feinde, die eliminiert werden müssen. Von daher ihr Spruch, der Gabriel hätte lieber dienen sollen. Nur wie die alte Schachtel so schnell dahintergekommen ist, dass der Gabriel als Zivi und nicht als normaler Altenpfleger gearbeitet hat – das weiß der Teufel. Wahrscheinlich haben Feldwebelgattinnen eine Nase dafür.

Nachdem die erste Schlacht von der Jonathan schon am ersten Abend siegreich vollendet worden war, hatte sie Blut geleckt.

Kurz: Es starben außergewöhnlich viele Bewohner in den ersten Wochen nach ihrem Einzug. Wie sie das gemacht hat, ist uns zunächst ein Rätsel gewesen. Unter den Verstorbenen waren mindestens drei Selbstmorde zu verzeichnen! Drei Selbstmorde! Es ist in unserem Alter völlig unnötig, sich selbst hinweg zu katapultieren, wir stehen doch alle schon auf der Warteliste.

Und so toll ist der Freitod ja nun auch nicht. Entweder unappetitlich blutig oder man hat Krämpfe von den Tabletten oder man erstickt an seinem Seidenschal. Der sanfte Ertrinkungstod im Wasser ist in einem Altenheim nur in der Badewanne möglich, aber man glaube ja nun nicht, dass die Pfleger uns da allein reinlassen!

Nein, Selbstmorde in meiner Generation und unter diesen Lebensbedingungen sind schon etwas mysteriös. Denn so kurz vor Schluss lässt ja auch die Fantasie etwas nach.

Inge ist schließlich die Erste, die es beim Abendessen anspricht. Sie sitzt schon recht früh an ihrem Tisch, hat die Fußstützen ihres Rollstuhls beiseite gekippt und die Füße fest auf den Boden gestellt. Sie winkt mich heran. Ich parke meinen Rollator seitlich der Fensterfront und tippele mit kleinen Schritten auf sie zu. Dabei muss ich immens aufpassen, weil die Else auch noch mit am Tisch sitzt und sie sich immer einen Spaß daraus macht, anderen ein Bein zu stellen. Sie kündigt es aber vorher an. Ein kurzes »Vorsicht, Bein« und sie streckt einen ihrer in Stützstrümpfe verpackten Füße in die Höhe. Es ist fair, weil sie es nicht hinterrücks tut wie die Jonathan. Else bemerkt auch gleich, dass wir es mit der Neuen wohl mit einer »ganz falschen Schlange« zu tun haben. Dabei nuckelt sie an ihrer Schnabeltasse.

»Sie hat Gabriel fast ermordet«, bestätigt Inge, während sie nach ihrer Apfelschorle greift. Sie entfernt vorher kurz ihr Gebiss und trinkt mit spitzen Lippen. Danach ordnet sie ihre Zähne wieder richtig ein. Heute klappt es auf Anhieb, was nicht immer der Fall ist, da sie oben und unten hin und wieder verwechselt. Das sieht dann richtig blöd aus und das Sprechen geht auch nicht recht. Da ist dann unser Gabriel immer zur Stelle gewesen, hat das Malheur ohne große Worte beseitigt. Aber Gabriel ist angeschossen worden. Von Frau Feldwebel Jonathan.

»Ich stell ihr das Bein. Ohne was zu sagen«, kichert Else, hebt den Fuß hoch und streicht über ihre Strümpfe. »Dafür sind sie noch gut genug in Schuss.«

Ich nicke mit zusammengepressten Lippen. In dem Augenblick schießt die Jonathan wieder mit ihrem Gefährt durch den Speisesaal.

Sie spielt sich auf, als sei sie und nicht ihr Gatte im Krieg gewesen. Jedenfalls dreht sie ihren Stuhl mit einem Ruck herum, sodass sie den ganzen Saal im Blick hat. Sie taxiert uns, als seien wir ihr Kukidentgeschwader, das sie nun zu befehligen plant. Aber da hat sie die Rechnung ohne uns gemacht. Es reicht einfach. Ich stehe auf, taste mich zu meinem Rollator und wackele auf die Jonathan zu.

»Der Krieg ist lange vorbei«, sage ich. »Aber Sie haben ihn wieder begonnen!«

Lauter Beifall erklingt, als ich zu meinem Tisch zurückgehe.

Die Jonathan hat an dem Abend nichts mehr gesagt. Richtig still ist sie geworden. Ich denke, nun weiß sie, wo der Hammer hängt. Aber wir wollen uns nicht darauf verlassen und ihr nicht die Möglichkeit geben, den nächsten Zug zu machen. Sie hat ja ohnehin den Vorteil, dass sie, im Gegensatz zu uns, mit sämtlichen Kriegsstrategien vertraut ist.

»Jetzt weiß ich, warum Frau Tränhardt und Frau Fuchs sich umgebracht haben«, sagt Else beim nächsten Frühstück. Sie knibbelt am Reifen des Rollstuhls, löst die Bremse und stößt sich schwungvoll mit den Füßen nach hinten ab, was ihr von dem neuen Pfleger, einem kurzgeschorenen Ungetüm und Liebling der Jonathan, einen dicken Anranzer einbringt. Der erinnert Else aber daran, was sie uns eigentlich mitteilen wollte. Im Alter wird man vergesslich, das ist ja bekannt. »Sie hat sie beleidigt«, grunzt sie. »Das hat die beiden sehr mitgenommen. Sie wären Pamperssoldaten, hat sie gesagt. Und Zweiradjunkies. Sie sagt ›Junkies‹ mit ›u‹ und nicht, wie das muss, mit ›a‹. So 'n bisschen Englisch kann ich schließlich. Wegen meiner Enkel.«

Ich bin empört. Im Alter bekommt man fast alles genommen. Man kann nicht mehr richtig laufen, die Toilette oft nur mit Hilfe aufsuchen, man muss sich nach dem neuen Leben richten. Alles kein Problem. Aber der Stolz, der bleibt. Und die Jonathan hat es gewagt, das höchste Gut von uns alten Menschen anzugreifen. Hat dabei völlig vergessen, dass sie jetzt eine von uns ist.

»Der neue Pfleger ist nicht einmal eingeschritten, als er das gehört hat. Nur den Leichenwagen hat er später gerufen, der Lump«, sagt Else weiter.

Beim nächsten Mensch-ärgere-dich-nicht-Spiel habe ich die Jonathan als Gegner. Ich siege mit zwei Männchen Vorsprung und sehe das als gutes Omen für mein Vorhaben, das ich noch in der Nacht umsetzen will. Die Jonathan schnarcht nämlich ganz furchtbar. Das weiß ich von der Inge, die ihr Zimmer gleich nebenan hat. Wer schnarcht, hat nachts seinem Mund offen.

Wie ihr Gebiss in den Hals gekommen ist, sich dort ganz zwanglos über den Kehldeckel gelegt und die Jonathan daran ersticken lassen hat, wird immer ein Geheimnis bleiben. Ich bin es jedenfalls nicht gewesen. Obwohl ich zugeben muss, dass mein Plan ähnlicher Natur war.

Als ich aber in das Zimmer geschaut habe, ist sie schon merkwürdig blass um die Nase gewesen. Nicht einmal der pinkfarbene Schlafanzug, der im Schein der Nachtleuchte grell aus dem Bett hervorstach, ließ ihren Teint aufleben.

Gemunkelt wird, dass sie bei dem neuen Pfleger Eindruck schinden wollte. Von wegen, ohne Gebiss darf der mich nicht sehen. Die Jonathan war nämlich verliebt. Jedenfalls hat sie es wohl nicht richtig hinbekommen mit dem Einsetzen, ist dann eingeschlafen. Sagt Inge. Aber sie guckt so komisch, wenn sie das sagt. Und manchmal kichert sie auch ganz hässlich und tippt verschwiegen mit Zeigefinger gegen die Lippen. Und Else hebt jedes Mal ihr Bein, wenn das Gespräch auf die Jonathan kommt. Dabei murmelt sie dann so etwas wie: »Alles hat einmal ein Ende, nur die Wurst hat zwei …«

Ist auch eigentlich egal. Wir haben jetzt jedenfalls wieder Ruhe in unserem Zuhause. Seit sie dahingeschieden ist, gibt es hier keinen Stunk mehr und Gabriel kommt auch bald zurück. Um es mit den Worten der Jonathan zu sagen: »Frieden hat eben seinen Preis.«

Manfred C. Schmidt

DAS PASST!

Ben Eisenhardt hob seine Aktentasche hoch, nahm den Handstock und lief langsam los. Die kleinen Einkaufsgänge hielten ihn fit, wenn man in seinem Alter von Fitness noch sprechen konnte. Aber Ben wollte sich nicht beklagen. Zwar schmerzte mal hier etwas, mal zwackte es an anderer Stelle. Dennoch konnte er sich immer noch selber versorgen; das Einkaufen, das Kochen und auch das Putzen seiner Zweizimmerwohnung im Mietsblock der Selbsthilfe GmbH ging zwar langsam, aber dennoch gut von der Hand.

Ben blieb am Ende der *Cirksena Straße* kurz stehen, um tief durchzuatmen. Er freute sich auf seinen schwarzen Tee. Extra hierfür kaufte er Teesahne ein, die leider nur noch selten im Regal zu finden war. Aber heute hatte er zwei Becher ergattert. Natürlich bestand die Gefahr, dass ein Becher bei seinem geringen Verbrauch schlecht werden würde, aber das nahm er in Kauf.

»Dann werde ich eben Lina wieder öfter zum Tee einladen«, sagte er laut, worüber ein vorbeifahrender Radfahrer so erstaunt war, dass er fast in die Thujahecke gefahren wäre. Aber der Radler war gar nicht gemeint, vielmehr führte Ben Eisenhardt wieder Selbstgespräche, was ihm selber gar nicht bewusst war.

Ben lief weiter. Er musste nun mitten auf der Straße

laufen, weil die Autofahrer ihre Wagen so weit auf dem Bürgersteig geparkt hatten, dass es dort für Fußgänger keinen Platz mehr gab.

»Lina ist auch viel zu viel alleine«, sagte er. »Viele alte Leute sind viel zu viel allein!«

Leicht verwundert guckte auch die junge Frau mit dem Kinderwagen zu ihm herüber. Sie grüßte, lachte ihn an und ging vorbei.

In Zeitlupe drehte sich Ben um und blickte ihr hinterher. »Das war Vera Neumann. Schöner roter Minirock!« Ben Eisenhardt lächelte und sang leise: »Wenn die Elisabeth nicht so schöne Beine hätt'…«

Gestern um diese Zeit hatte er Vera Neumann samt Kinderwagen zwischen zwei parkende Autos gezogen. Glück für sie, denn Sekunden später waren die Rüpel an ihnen vorbeigeknattert und wer weiß, was dann passiert wäre. Zunächst hatte sich Vera bei seinem beherzten Eingreifen etwas gewehrt, aber hinterher hatte sie sich erleichtert bedankt. »Diese Wahnsinnigen!«, hatte sie mit wütendem Gesicht geschimpft, als sie ihren Kinderwagen weitergeschoben hatte.

Trotz seiner Taubheit auf dem linken Ohr hatte *Opa Eisen*, wie er liebevoll im Viertel genannt wurde, die Bande bemerkt. Er verglich unablässig die Zeiten und wusste mittlerweile genau, wann die sechs schweren Motorräder die enge Straße hochdonnerten und auch geradewegs weiter durch den nur zwei Meter breiten Rad- und Fußweg, in den sich die Autostraße verjüngte, rasten. Wer nicht rechtzeitig zur Seite sprang, wurde gnadenlos umgeschubst oder umgefahren. Jeden Abend – pünktlich um 18:55 Uhr. Man konnte die Uhr danach stellen. Die Rocker kamen aus ihrem Clubraum, der fünfhundert Meter die Große Straße hoch in einem Hinterhaus lag. Ben Eisenhardt blickte wieder auf die Uhr: 18:54 Uhr. Er drückte sich an ein Auto und blickte zurück. Er sah sie bereits anrollen. Komisches Volk! Eisenhardt wusste, dass sie mit Drogen dealten und einige Mädchen in der Nesserlander Straße laufen hatten.

Und sie waren pünktlich, überpünktlich wie Streber. Eisenhardt schüttelte den Kopf. Sie handelten wie ganz gewöhnliche, spießige Bürger, sahen allerdings etwas abgerissener aus. Der Präsident des Clubs fuhr standesgemäß in seiner bläulichen Kutte voraus und hatte, wie die anderen auch, einen Stahlhelm auf dem Kopf. Darunter wehte das lange zum Pferdeschwanz gebundene Haar.

Opa Eisenhardt drückte sich noch etwas enger an das parkende Auto, während ihm die langen Fransen vom Lenker des Präsi ins Gesicht flatterten, weil dieser so dicht vorbeifuhr, dass keine Briefmarke mehr zwischen sie gepasst hätte. Vor allem das stilisierte Hakenkreuz unter dem Clubemblem machte Ben wütend.

Wie immer fuhren die Rocker mit rasender Geschwindigkeit durch den Radweg, der von Thujahecken gesäumt war. Flankiert wurde der Weg alleeartig von etwa dreißig Zentimeter dicken, weißen Birken. Eine schwarze Katze entkam dem Motorrad des Präsi nur knapp durch einen gewaltigen Satz in die Büsche. Das war Miezi, Linas Katze, um die sich Ben Eisenhardt jetzt auch noch kümmern musste.

Am Ende des fünfzig Meter langen Radweges, der als Verbindung zwischen den beiden Autostraßen diente, knatterte die Motorradgang auf den breiten Holzweg, wo sie abrupt abbremste und in Formation mitten auf der Straße stehen blieb. Der zweite Motorradfahrer scherte aus und fuhr auf den kleinen Dönerladen zu, wo ihm auch gleich ein gefülltes Fladenbrot gereicht wurde. Er nahm das kleine Paket an sich und überbrachte es unterwürfig dem Boss. Dieser

16

nahm die darunterliegende gefaltete Serviette, klappte sie auf, schien mit dem Inhalt zufrieden und ließ sie – wieder zusammengefaltet – in der Jackentasche verschwinden.

»Wie im richtigen Leben«, dachte Ben, »alles schön hierarchisch geordnet.«

Seitdem sich dieses Ritual jeden Abend wiederholte, war der kleine türkische Imbiss von kleinen Feuerausbrüchen und Demolierungen der Einrichtung verschont geblieben.

Der Präsi biss einmal kräftig in den Döner und schleuderte den Rest in ein offenes Cabriolet am Straßenrand.

Mit aufsteigenden Vorderrädern fuhr die Gang an und raste über das Kopfsteinpflaster davon. Eine Abgaswolke wurde vom Wind bis zu Ben Eisenhardt getragen und stieg ihm ätzend in die Nase. Ben stand immer noch mit dem Rücken zum Auto. Mit der rechten Hand hatte er Maß genommen. Er hielt sie flach im 90-Grad-Winkel in Höhe des Brustbeins und merkte sich die Position: »Das passt!«

»Ich muss Lina noch besuchen.« Ben sprach wieder mit sich selbst und setzte sich in Bewegung. Brabbelnd schlurfte er über das Pflaster. Nach zwanzig Metern bog er rechts zum Eingang Nummer zwölf ab. Dabei tätschelte er die Birke an der Ecke wie einen alten Kumpan.

Am nächsten Morgen verließ Ben Eisenhardt früh die Wohnung. Er wollte Lina besuchen. Sie lag im Kreiskrankenhaus auf der Intensivstation. Da sie keine näheren Verwandten hatte, durfte Ben zu ihr. Obwohl sie im Koma lag, meinte der behandelnde Arzt, könnte es nichts schaden, wenn eine vertraute Person in ihrer Nähe wäre.

Ben hatte Lina vor zwei Tagen auf dem Radweg vor ihrer Wohnung Nummer elf gefunden. Sie hatte in einer großen Blutlache gelegen. Als er sich über sie gebeugt hatte, schien sie ihn anzulächeln.

»Ich hole Hilfe, Lina. Halt durch, ich hole Hilfe«, hatte Ben noch gerufen, über das Handy die Polizei informiert und dann seine Baskenmütze unter ihren Kopf gelegt. Das Handy hatte sein Sohn ihm überlassen: »Für alle Fälle!«, hatte der gesagt und Ben gezeigt, wie er es bedienen musste.

»So 'n neumodischen Kram brauch ich nicht«, hatte er abgewehrt, aber sein Sohn war hart geblieben und das war gut, wie sich jetzt herausstellte. »Halt durch, Lina! Halt durch!« Ben hatte ihr ununterbrochen Mut zugesprochen, bis sie die Polizeisirenen und das Martinshorn hörten.

»Miezi …« Lina hatte mühsam die Lippen bewegt, aber Ben hatte sie nicht verstanden, bis sie noch einmal alle Kraft zusammengenommen und den Namen ihrer Katze lauter wiederholt hatte.

»Ja, mach dir keine Sorgen. Ich kümmere mich um das Tier, ich habe ja deinen Haustürschlüssel!« Lina und Ben hatten vor Jahren ihre Schlüssel ausgetauscht: »Wenn mal was ist. Man weiß ja nie!«, hatte Lina damals vorausschauend gesagt. Und nun war etwas passiert, etwas, das Ben sehr traurig machte. Lina hatte sie erleichtert die Augen geschlossen. Kurz darauf hatte man sie abtransportiert.

»Haben Sie gesehen, wie das passiert ist?«, hatte ein uniformierter Beamter ihn gefragt, aber Ben hatte nur berichtet, wie er Lina gefunden hatte. Auch die Nachforschungen bei den Nachbarn hatten keine Erkenntnisse für die Polizei ergeben. Angeblich hatte niemand etwas gesehen. Alle hatten Angst.

»*Iron Devils*«, hatte Ben gemurmelt. »Wahrscheinlich die Rocker!«

Der Polizist hatte gemeint, Ben sollte keine wilden Vermutungen anstellen, wenn er keine Beweise hätte, und er sollte sich hüten, Unschuldige zu belasten.

»Unschuldige?« Ben hatte das Wort so laut geschrien,

dass sich die Umstehenden zu ihm umdrehten. Verächtlich hatte er den Polizisten angesehen und war in Richtung Haus Nummer zwölf geschlurft.

»Halt! Stopp! Ich brauch Ihre Personalien«, hatte ihm der Beamte hinterhergerufen, aber Ben Eisenhardt hatte sich nicht darum gekümmert. In seiner Wohnung hatte er den Einkauf auf den Küchentisch gelegt und sich in den Korbsessel am Fenster gesetzt. Die Gardine war zu einem Viertel zusammengeschoben, sodass er einen guten Überblick über das Gelände hatte. Aber jetzt hatte er nicht hinausgeschaut, das emsige Treiben nicht gesehen, das die Polizisten veranstalteten, sondern stumpf auf den Fußboden geblickt. »Bullen, ha!« Seine ganze Verachtung hatte sich in diesem Wort ausgedrückt. »Scheiß Bullen!«

Lina und er hatten die Polizei mehrfach mit Informationen über die Machenschaften der Bande versorgt. Aber immer, wenn es zu Ermittlungen und Durchsuchungen kam, war bei den *Devils* nichts zu finden. Sie mussten einen Informanten bei der Polizei haben, jemanden, der auch nicht davor zurückschreckte, die Namen der anzeigenden Leute weiterzugeben, denn im Anschluss an die fruchtlosen Untersuchungen ging es los.

Ein Bandarbeiter zum Beispiel, zwei Wohnblocks weiter, hatte die Polizei informiert und wurde anschließend so zusammengeschlagen, dass er monatelang nicht arbeiten konnte; danach war er arbeitslos und lebte seitdem von der Stütze.

Lina und Ben wurden die Fensterscheiben mit dicken Backsteinen eingeschlagen, die mit Zetteln umwickelt waren. Sie enthielten Warnungen.

Alle Anwohner hatten Angst. Sie hielten es mit den drei weisen Affen – nichts sehen, nichts sagen, nichts hören.

»Mir machen die keine Angst!« Lina war mutig. Ben erinnerte sich an einen gemeinsamen Spaziergang, der sie auch durch die Große Straße führte. Dort waren sie auf die *Devils* getroffen, die ziemlich derbe ein vorübergehendes junges Mädchen belästigt hatten. Zwei Rocker hatten sie festgehalten, während der Präsi genüsslich ihre Bluse geöffnet hatte.

»Lina!«, hatte Ben noch gerufen, doch Lina war schon unterwegs. Mit erhobenem Handstock war sie auf die Gruppe losgestürmt und hatte mit der Gehhilfe auf den Anführer eingeschlagen. Die Männer waren so verdattert, dass sie das Mädchen losließen. Das hatte die Gelegenheit ergriffen und war schleunigst verschwunden. Der Präsi hatte Lina verärgert einen so derben Stoß versetzt, dass sie gegen eine Ladenmauer fiel: »Verpisst euch, ihr Grufties!« Mit diesen Worten war die Gruppe in den Clubräumen verschwunden.

Damals waren Linas Verletzungen längst nicht so schlimm gewesen wie jetzt. Ben war im Krankenhaus angekommen und saß nun neben ihr. Er blickte in ihr faltiges Gesicht.

»Das werden sie büßen«, sagte Ben Eisenhardt entschlossen. Er flüsterte, als fürchtete er, er würde Lina durch lautes Reden wehtun. Obwohl sie nicht bei Bewusstsein war, erzählte Ben ihr alles, was sich in der Straße zugetragen hatte: dass die Hecken mal wieder geschnitten werden mussten, dass Hofmanns neue Möbel bekommen hatten – alles das, worüber sie sich sonst zu zweit zu Hause auch unterhalten hätten.

Als die Krankenschwester ins Zimmer kam und ihm sanft bedeutete, dass er gehen müsse, drehte Ben sich in der Tür noch einmal um und sagte: »Lina, ich nehme Miezi nun mit in meine Wohnung, bis du wieder da bist!«

Ben Eisenhardt verließ das Krankenhaus, machte einen langen Spaziergang über den Wall und trank in einem Café einen Espresso. Am Nachmittag kam er zurück nach Hause.

Vor der Haustür traf er die kleine Sarah, die auf der Eingangstreppe saß und in die Sonne blinzelte. »Wo kommst du her?«, fragte sie neugierig.

»Vom Krankenhaus. Ich habe Lina besucht. Du weißt, die Lina, die vor ein paar Tagen auf der Straße gefunden wurde.«

»Ja«, sagte die Kleine, »Oma Lina, die mit dem vielen Blut!«

»Ja, Oma Lina!«

»Das waren die Männer mit den Mopeds«, sagte Sarah, »ich hab's genau gesehen!«

»Die mit den Motorrädern?«, hakte Ben nach.

»Ja, die!«

»Sarah, kommst du bitte rein!« Aus einem der oberen Fenster sah Sarahs Mutter auf sie herunter. »Sofort!«

»Bist du sicher?«, fragte Ben, obwohl er es eigentlich selber ganz genau wusste.

»Ja, ganz sicher. Ich habe hier gesessen und alles gesehen! Die Rockers!«

»Sarah!« Ein lauter, eindringlicher Ruf ertönte, Sarah erhob sich, lächelte Ben noch einmal zu und flitzte nach oben.

»Das passt!«, murmelte Ben Eisenhardt und ging schweren Schrittes die Treppe zu seiner Wohnung hoch. Dort legte er sich hin und hielt einen kleinen verspäteten Mittagsschlaf.

Das Telefon weckte ihn unsanft. Der Arzt sprach leise, aber bestimmt. Ben stand auf und setzte sich ans Fenster. »Ach Lina!«, sagte er traurig, atmete tief durch und überlegte, wie die Beerdigung zu organisieren sei.

Um 17 Uhr betrat Ben den Baumarkt Fritzen. Für seinen Einkauf ließ er sich viel Zeit. Stundenlang konnte er sich hier aufhalten und in den Regalen stöbern. Dann sah Ben auf die Uhr, ging zur Kasse und bezahlte. Ben nahm die Tüte in die Hand und eilte zurück. Zu Hause legte er seine Sachen ab, nahm das Werkzeug aus dem Kasten und ging vor die Tür. Ein leichter Wind zog über den Radweg, den Ben überquerte. Nun stellte er sich an die Birke, setzte seine Hand im rechten Winkel vor die Brust und nahm Maß.

»Das passt«, sagte er laut, als er den festen Draht an der Birke befestigte.

18:54Uhr.

Eine Minute hatte er noch. Das reichte. Ben spürte die Blicke der Nachbarn hinter den Gardinen. Er wusste, sie würden ihn nicht verraten. Sie würden alle dichthalten. Sie hatten zwar Angst, aber verraten würden sie ihn nicht.

Auf Bens Stirn bildeten sich Schweißperlen. Er ließ den Draht durch die linke Hand laufen, während er den Radweg zurück zur gegenüberliegenden Birke überquerte.

Dort nahm er noch einmal Maß und spannte dann den Draht mit aller Kraft so fest über den Weg, dass er einen Elefanten daran hätte aufhängen können.

Entfernt hörte er das Brummen der schweren Motoren.

Ben stellte sich auf die Treppe, auf der zuvor noch die kleine Sarah gesessen hatte, und ließ den Seitenschneider, mit dem er hinterher den Draht wieder beseitigen wollte, in die Hosentasche gleiten.

18:55 Uhr.

Die Bande bog in voller Fahrt in den Radweg ein.

Ben war sich sicher: »Das passt!«

Christiane Franke

TIERISCHE FREUNDSCHAFT

Jetzt ist es also passiert. Hätte ich vorhersagen können, aber mich fragt ja keiner. Oder haben Sie Ihren Hund schon mal um Rat gefragt? Sehen Sie. Sie tun es auch nicht und wenn, dann achten Sie nicht auf die Antwort. Klar können wir nicht sprechen, aber, meine Güte, man kann sich doch auch ohne Sprache verständigen. Die Helma jedenfalls – mein Frauchen – die Helma hat auch nicht auf mich gehört. Und nun ist sie tot.

Liegt vor mir auf dem abgenutzten Perserteppich und schaut mich aus ihren leeren Augen an. Natürlich ist das kein echter Perserteppich, auf dem sie liegt, aber sie hat ihn geliebt. Genau so wie mich. Na, mich vielleicht noch mehr. Sonst wäre sie jetzt nicht tot. Jedenfalls habe ich es kommen sehen.

Es fing alles damit an, dass die Özkans nebenan einzogen. Bis zu diesem Moment haben wir friedlich in unserem Reihenhäuschen gewohnt, überaus friedlich, seit Dieter das Zeitliche segnete. Und dann kamen die Özkans. Eine laute Familie. So lustig. Das hat Helma gefallen. Und mit der Yasemin verstand sie sich auch gleich gut. Die Yasemin saß oft bei Helma in der Küche, hat Tee getrunken, am liebsten aber *Crémant de Bourgogne Belvedere* und meistens haben sie sich über Männer unterhalten. Über Dieter, Gott hab ihn selig, und über Hassan. Der Hassan, das ist der Mann der Yasemin. Der ist aber nie hier gewesen.

»Nein«, sagte Helma, wenn Yasemin sich wieder bei ihr ausheulte, weil der Hassan fremdgegangen ist, »nein, Yasemin, so was hat der Dieter nie gemacht.«

»Muss ein feiner Mann gewesen sein, dein Dieter«, kam immer die gleiche Antwort von der Yasemin. Und ich habe mir die Ohren über die Augen gezogen, weil ich sie mir ja nicht zuhalten kann. Von wegen feiner Mann, der Dieter. Dass ich nicht lache. Und ob der fremdgegangen ist! Habe schließlich mehrmals so komische Düfte an ihm gerochen, wie die Helma sie nie benutzt. Bei Helma ist es immer *Rose Water*, das rieche ich auf hundert Meter Entfernung.

Na, jedenfalls wurden die Yasemin und die Helma so etwas wie Freundinnen. Aber mich hat die Yasemin nie gemocht. Obwohl sie immer so getan hat.

»Ach, wo ist denn unsre Dorle?«, zwitscherte sie jedes Mal, wenn sie in die Küche kam. Ich hab mich meistens unter der Eckbank versteckt, weil ich von ihr nicht angefasst werden wollte. Die Yasemin fand es ganz toll, dass ich nicht am Tisch gelungert habe. »So ein gut erzogener Hund«, lobte sie Helma, weil ich nicht gebettelt habe, wenn die beiden Kekse oder Kuchen aßen. Aber süßes Zeug mag ich sowieso nicht. Ich steh eher auf Wurst und so was. Wenn die Yasemin dann wieder weg war, bin ich unter meiner Bank hervorgekrochen und ließ mich von Helma streicheln. Auch küssen. Wir waren ein gutes Team, die Helma und ich.

Dann kam der Tag, an dem Helma sich mit einer fetten Grippe ins Bett legen musste.

»Was mache ich nur mit Dorle?«, weinte sie Yasemin vor.

»Da mach dir mal keine Sorgen. Um die Dorle kümmere ich mich schon. Sieh du nur zu, dass du wieder gesund wirst«, sagte Yasemin. Dabei guckte sie mich aber so komisch an. Jedenfalls kam sie pünktlich vier Mal am Tag zum Gassi gehen, hat mich aber nie von der Leine gelassen. Ich musste schnell mein Geschäft verrichten, dann sind wir in ihre Wohnung und haben zwanzig Minuten gewartet, bis sie mich wieder rüberbrachte. Jedes Mal, wirklich, jedes Mal bin ich dann zu Helma ans Bett gelaufen und habe sie mit meinen Augen angefleht, doch schnell wieder gesund zu werden, denn das mit der Yasemin ging ja so nicht. Ich wurde auch immer dicker. Von wegen mangelnder Bewegung und so.

Die Helma hat das gar nicht bemerkt und mich gestreichelt und gesagt: »Gell, Dorle, das ist doch lieb, dass die Yasemin sich so rührend um dich kümmert.« Rührend. Pah.

Aber Helma wollte und wollte nicht gesund werden. Es kam noch richtig heftiges Fieber dazu und der Arzt wollte sie schon fast ins Krankenhaus stecken. Da habe ich aber aufgejault. Und die Helma sagte: »Nein, ich bleibe hier, ich habe ja meine Dorle und meine Yasemin.« Fand ich gar nicht gut, so in einem Zug mit der Yasemin genannt zu werden. Eigentlich gehörten nur wir zwei zusammen. Helma und ich. Sollte Yasemin doch bei ihrem Hassan bleiben.

Tat sie aber nicht. Sie kam immer häufiger. Hat praktisch schon fast hier gewohnt. Und ständig dieses Laute, Übertriebene. Grauenhaft. Konnte ja nicht gut für Helma sein. Ich dachte, Anknurren hilft bestimmt, doch Yasemin ließ sich nicht verschrecken. Sie lachte nur so komisch und fing an, mir Leckerlis mitzubringen. Selbstgemachte. Mit Schokolade. Widerlich. Habe ich natürlich nicht gefressen. Nur so getan und in eine Ecke gebracht. Schließlich lasse ich mich nicht bestechen. Das ging bestimmt einen Monat, bis Helma endlich wieder aufstand. War ich froh. Dachte, jetzt würde auch Yasemin verschwinden. War aber nix mit Verschwinden.

Immer wieder habe ich versucht, Helma zu zeigen, dass Yasemin keine richtige Freundin ist. Aber Helma hat nicht auf mich gehört. Dabei haben wir uns, als Dieter krank war, prima miteinander verständigt. Ich erinnere mich noch, wie sie mich damals fragte, ob sie ihm einfach von dem Herzmittel ein wenig mehr geben sollte. Denn gar so dumm war meine Helma nicht. Hat immer nur so getan. Ich habe mit dem Kopf genickt und sie hat die Dosis erhöht. Hat nur knapp zwei Wochen gedauert, bis wir den Dieter beerdigen konnten. Das heißt natürlich, bis Helma ihn beerdigen konnte. Ich durfte nicht mit. War mir aber egal.

Und nun die Yasemin. Und die Sache mit den Leckerlis. Kam mir gleich spanisch vor. Konnte ja nicht gut gemeint sein, wo sie doch gar nicht lieb mit mir umging. Die Helma sagte immer: »Ach wie süß von Yasemin, dass sie dir etwas mitbringt, nicht, Dorle?«, und hielt mir das Schokoladenzeug vors Maul. Aber ich schüttelte den Kopf und fraß es nicht. Während Helma … die war so heiß auf Süßes … Schokolade ist Schokolade, sagte sie und stopfte sich das Zeug rein, wenn Yasemin gegangen war. Und als sich Helma in letzter Zeit immer öfter ans Herz fasste, wusste ich Bescheid. Auch Yasemin hat wohl Herzmittel zu Hause und kocht sie in die Leckerlis. Die blöde Frau wollte *mich* vergiften. Und Helma hat's nicht gemerkt. Wie habe ich sie angebellt, wenn sie wieder ein Stück in den Mund steckte, aber sie hat die Warnung nicht verstanden. Sogar die Ecke mit den versteckten Leckerlis habe ich ihr gezeigt, als Beweis quasi, dass die Herzstiche von der Schokolade kamen. Doch Helma hat sich gefreut und auch die Dinger verschlungen. Tja, dann kann's mir auch egal sein. Wenn ihr Schokolade und die Yasemin wichtiger sind als ich, dann tut's mir nicht leid, dass Helma nun auf dem Boden liegt und aus ihren toten Augen in den Raum guckt. Dann hat sie's einfach nicht besser verdient.

Regine Kölpin

DER HUCHEN

Den Fisch sauber zu bekommen, war gar nicht so leicht. Andrea fluchte. Es war ein Monsterfisch, ein Ungeheuer. Dabei war diese Ausgabe auf dem Tisch hier noch klein.

Andrea setzte das Messer an und zerschnitt den Bauch. Die Gedärme quollen ihr entgegen, enthielten noch jede Menge unverdauter Nahrung. Kleinere Forellen, Knochen, sogar Fellreste. Und Fäkalien.

Andrea musste sich abwenden, um sich nicht zu übergeben. Das war typisch für Walter: den ganzen Tag unterwegs zum Angeln und ihr dann den stinkenden Fang in die Küche legen. Walter erwartete, dass sie seine Trophäen säuberte, filetierte und daraus ein schmackhaftes Essen bereitete. Er war passionierter Angler, ein Jäger in ständigem Kampf.

Im Flur hingen die Köpfe seiner größten Siege, präpariert und für die Nachwelt erhalten.

Andrea griff in den massigen Leib des Huchens und zerrte den Rest des Darmes heraus. Sie hatte sich an irgendwas gestochen. Andrea fluchte. Wie sie dieses Ausnehmen hasste!

Walter wollte schon immer einen Huchen fangen. Seit Jahren spukte ihm dieser Gedanke im Kopf herum. Und nun hatte er bei einem Streifzug an den Inn in einem Gumpen noch einen dieser Fische entdeckt. Ein Riese, ein Stier unter den Fischen. Nicht von normaler Größe wie der, der hier vor Andrea auf dem Tisch lag.

Unermüdlich bereitete ihr Mann seinen Feldzug vor, hatte nur noch ein einziges Ziel.

Walter wusch sich seitdem kaum noch, hatte plötzlich seinen Vollbart abrasiert, was seine hängenden Wangen deutlich zum Vorschein brachte. Irgendwann waren auch die braunen Locken verschwunden, eine glatte Oberfläche mit vereinzelten Leberflecken überzog seinen Kopf. Die ohnehin fliehende Stirn verlor sich flach nach hinten, schien beinahe im Nacken zu enden. Andrea schüttelte sich. Am furchtbarsten war der Mund. Er zog sich unnatürlich in die Breite und die wulstigen Lippen gingen fast bis zu den Ohrläppchen.

Früher hatte er einmal besser ausgesehen. Fast wie ein freundlicher Teddybär.

Walter war nur noch selten zu Hause, kümmerte sich um nichts mehr. Einzig die Fischmahlzeiten, die sie zubereitete, nahmen sie gemeinsam ein. Zu mehr fehlte ihm die Zeit. Er klügelte Strategien aus, probierte verschiedene Köder, las Berichte über den Huchenfang und bastelte unermüdlich neue Hakenkombinationen. Schließlich hatte er den perfekten Huchenzopf zusammen. Damit würde er siegen. Er musste den großen Huchen fangen, den König des Inn.

Der Fisch war ausgenommen, lag silberglänzend mit seinen schwarzen Tupfen vor ihr. Andrea wollte ihn auf italienische Art zubereiten. Für einen besonderen Fisch ein besonderes Rezept. Huchen fängt auch ein Profi nicht häufig. Walter hatte es oft genug erwähnt.

Sie nahm ein Messer und trennte den Kopf ab. Die Augen des Fisches glotzten, der breite Mund schien zu grinsen. Obwohl die Backen fest waren, erweckten sie das Bild nach unten hängender Säcke.

Andrea zerschnitt den Rest des Körpers in Koteletts und stellte sie, mit Zitronensaft beträufelt, in den Kühlschrank.

Dann säuberte sie die Küche. Ihre Hände stanken nach Fisch. Andrea hasste Fischgeruch, vor allem an den Fingern. Sie wusch sich die Hände mit Seife und rieb sie dann mit dem restlichen Zitronensaft ein. Die Säure brannte am Handballen. Sie hatte sich doch stärker verletzt, als sie im Inneren des Fisches hängen geblieben war. Es schmerzte höllisch, blutete aber nicht. Andrea bewegte die Hand, es ging wieder.

Den nächsten Fisch sollte Walter doch selbst ausnehmen! Andrea seufzte. Sie wusste, dass er es nicht tun würde.

Nach dem Angeln legte Walter sich immer hin. Andrea schlich ins Schlafzimmer, wollte sich umziehen, den Fischgeruch vom Leib reißen.

Walter lag auf dem Bett, nur der Kopf lugte unter der Decke hervor. Sein Mund war zum Schnarchen leicht geöffnet. Geplusterte Hängebacken, wulstige Lippen, die spitze kleine Zähne freigaben. In der letzten Zeit waren sie gelb geworden.

Andrea wollte sich gerade abwenden, als das Schnarchen abrupt aufhörte. Walter schmiss die Decke weg und legte damit seinen weißen Körper frei, der über und über mit Leberflecken übersät war. Walter sonnte sich nie, hielt seinen Körper immer bedeckt. Selbst beim Joggen, was er in der letzten Zeit fast exzessiv betrieb, trug er stets hochgeschlossene Kleidung und eine Kappe. Durch den Sport war er zwar muskulös und kräftig, aber dennoch wirkte der Körper schwer. Andrea unterdrückte ein Schaudern bei dem Gedanken, dass diese Männermassen gleich wieder ihr Recht einfordern würden. Ohne Rücksicht, brutal. Bei einem Liebesakt mit Walter flogen die Fetzen. Seit er auf Feldzug war, gegen den Huchen.

Früher hatte er sie umworben, Andrea aus der Reserve gelockt. Das war anders geworden.

Lautlos verließ sie das Zimmer, aber Walter hatte sie gehört.

»Andrea, komm her!«

Andrea wusste nicht, warum sie kehrtmachte, warum sie ihm folgte. Walter riss ihr die Sachen vom Leib und stürzte sich auf sie. Von Andrea war unter ihm nichts zu entdecken. Walter stank nach Fisch, hatte sich scheinbar wieder nicht gewaschen.

Er bearbeitete sie und rollte sich dann zufrieden zur Seite. Andrea fand die Ausdünstungen unerträglich. Sein Körper hatte sich feucht, fast schleimig angefühlt. Das konnte nicht sein, war unmöglich.

Walter lag wieder auf dem Rücken. Die kleinen Augen huschten schnell hin und her, als suchten sie etwas.

»Hast du den Huchen ausgenommen?«

Andrea nickte. Vielleicht kam der Fischgeruch doch von ihren Fingern. Sie roch vorsichtig daran.

»Ich werde das Zimmer hier verändern«, sagte Walter. »Ich werde mir heute noch ein Aquarium kaufen.«

»Ein Aquarium.« Andrea sagte es tonlos.

»Ja, dann kann ich meine Köderfische hier halten, brauche nicht ständig los. So kleine Fische beruhigen mich, geben mir Sicherheit, wie eine gefüllte Speisekammer.«

Es würde also kein schönes Aquarium werden mit bunten Fischen. Walter würde Beute hineinsetzen. Die Beute des Huchens.

»Gut«, sagte Walter, »ich verspreche dir, der Nächste wird größer sein. Bombastisch!«

Andrea nickte und ging duschen, die Ausdünstungen abwaschen. Der Gestank musste weg.

Die Hand tat noch immer weh, aber man sah nichts. Und das nur wegen eines Fisches. Fisch, ein Schimpfwort.

Als sie aus der Dusche kam, war Walter schon weg. Er

war mit Sicherheit zum Geschäft gejoggt und vielleicht war er wieder ein paar Minuten schneller als das letzte Mal.

Andrea ging in die Küche. Gleich würde Walter das Aquarium anliefern lassen. Das Schlafzimmer glich schon jetzt der Tiefe eines Sees. Mächtige Grünpflanzen in den Ecken, grüne Wände und an der Stirnwand eine Unterwasserfototapete. Andrea wusste nicht, wo er die aufgetrieben hatte. Außerdem war es kalt und dunkel. Walter mochte kein Licht mehr, nur ein kleines verdecktes Lämpchen war ihm genehm.

Er baute das Schlafzimmer langsam zu einer Grotte um, in der er herumschwamm und seine Beute fasste. Sein Übergriff glich einem explosionsartigen Blitz. Flucht war zwecklos, er war immer schneller und ausdauernder.

Walter. Der Huchen. Der Huchen. Walter.

Andrea glaubte, er würde langsam verrückt. Sie hatte immer öfter Angst vor ihm.

Sie nahm die Zucchini aus dem Gemüsefach und begann sie zu waschen. Draußen joggte Walter auf den Hof. Ihm folgte ein Lieferwagen. Walter hatte bei der Geschwindigkeit mitgehalten.

Andrea wandte sich wieder dem Essen zu. Das mit dem Huchen würde bestimmt bald ein Ende haben. Walter brauchte nur einmal richtig Erfolg, dann käme was Neues. Hauptsache, er wusch sich endlich, ließ sich seinen schönen Bart und die Haare wieder wachsen.

Andrea hörte das Plätschern von Wasser, das Knallen der Tür drang an ihre Ohren, als Walter aus der Garage den Eimer mit Köderfischen hereinholte.

Der Lieferwagen fuhr wieder los, das Rumoren im Schlafzimmer ließ nach.

»Fertig, Andrea, fertig!«, rief Walter.

Wider Willen schlich Andrea ins Schlafzimmer. An der

Längswand stand ein Aquarium, bestückt mit Wasserpflanzen. Dazwischen schwammen kleine Rotaugen, Stichlinge und andere Jungfische.

»Vielleicht baue ich noch ein Terrarium daneben. Mit einem kleinen See. Huchen mögen Frösche.«

»Huchen mögen auch Wasserratten«, sagte Andrea und wollte gehen.

Der Vorhang war zugezogen, der Raum in ein bizarres Licht getaucht.

Walters Oberkörper war nackt, glänzte im Schein der Aquariumlampe. Er bewegte sich auf Andrea zu. Es schien, als hinterließe er eine schlammige Spur. Aber es war nur das Licht, dieses merkwürdige Licht. Andrea wusste, was ihr blühte, schmiss die Tür hinter sich zu und floh wieder in die Küche.

Sie stellte die Kartoffeln an und riss die große Pfanne aus dem Schrank. Der Herd war schnell heiß und die Butter wurde zu einem milchigen See. Als sie die Fisch-Koteletts hineinwarf, spritzte das Fett zischend auf. Ihre Kehle war wie zugeschnürt.

Wann war Walter anders geworden? Wann hatte er sich so verändert? Zwanzig Jahre waren sie jetzt verheiratet. Walter war alt, jedenfalls gegen sie. Andrea hatte sich für ihre vierzig Jahre gut gehalten, und die leicht grauen Strähnen verliehen ihr eher ein apartes Äußeres. Aber Walter? Achtundsechzig, Glatze, dickleibig, aber muskulös und nun stank er auch noch.

Andrea nahm eine Gabel und stach die Kartoffeln an. Sie würden noch ein bisschen brauchen. Sie nahm die Koteletts aus der Pfanne. Walter war anders geworden, als er in Rente ging. Ihm fehlten sein Büro, seine Kollegen, der morgendliche Tratsch. Anfangs hatten sich die anderen noch gemeldet, aber dann ließ auch das nach. Angeln war nun nicht mehr Ausgleich, Angeln war Halt und Tagesfüller. Und als die Rotaugen, Hechte und Barsche zu eintönig wurden, kam Walter die Idee mit dem Huchen.

Andrea schüttelte den Kopf und begann den Tisch zu decken. Plötzlich hörte sie die Dusche. Sollte Walter …?

Vielleicht war es jetzt vorbei, er hatte ja seinen Huchen. Sie mussten was anderes finden, etwas, das ihn ausfüllte. Andrea lief schnell in den Keller und holte einen Pinot Grigio. Halbtrocken, nicht zu schwer. Der würde perfekt passen.

Sie stellte die Gläser auf den Tisch, rückte den Kerzenleuchter zurecht und zog die Servietten durch die Ringe.

Walter duschte. Es würde alles gut werden, sie hatte es sich nur eingebildet. Alles nur eingebildet. Ihre Fantasie war mit ihr durchgegangen.

Die Arbeit ging Andrea flott von der Hand, die ohnehin kaum noch schmerzte.

Das Wasserplätschern hörte auf. Walter war fertig. Andrea zupfte noch einmal ihr kurzes Haar zurecht, strich die Hose glatt und zog die Lippen nach.

Dann servierte sie den Huchen. Huchen auf italienische Art, mit Basilikum bestreut und Zitrone beträufelt. Dazu Pinot Grigio, halbtrocken. Ein seltenes Gericht, aber es war ihr gelungen.

Walter kam um die Ecke. Die Glatze schimmerte noch feucht, ließ die kleinen Leberflecken hervorstechen. Er lief zum Fenster und zog die Gardinen fest zu.

»Es ist so hell draußen, ich mag es lieber ein bisschen gemütlich.« Er strich seinen Pullover glatt. Er war leicht marmoriert und mit Tupfen durchsetzt. Ein nahtloser Übergang zu Walters Gesicht.

»Riecht lecker, Andrea«, sagte er. Sein Atem roch schlammig, die Ausdünstungen nach Fisch. Er hatte sich doch gewaschen … Andrea überwand ihre Abscheu und umarmte ihn. Walter war kalt und feucht, fast schmierig.

»In vier Tagen kommt der Große dran«, sagte er. »Der richtig Große, der König. Ich weiß, wo er ist, ich weiß, wie er jagt und ich weiß, wie er lebt und fühlt. Der Huchen ist meiner. Er schwimmt in meinem Revier!« Walter lachte, es klang ein wenig blubbernd.

Andrea nickte nur. Sie nahm das Fischmesser und begann ihr Huchenkotelett zu zerlegen. Langsam, Schnitt für Schnitt.

Walter öffnete die wulstigen Lippen und verschlang seines mit einem Biss. Er kaute nicht mal, bewegte nur den Hals mit kräftigen Schluckbewegungen. Lediglich eine Gräte knackte, als sie auf eine seiner Zacken traf.

Andrea stand auf, rannte zur Toilette und erbrach sich. Sie konnte nicht mehr.

Vier Nächte später stand Walter auf. Er wollte gegen vier Uhr am Fluss sein. Dort war er, der Huchen. Walter würde ihn überlisten. Der Zeitpunkt war perfekt. Er spürte das, fühlte das. Er würde die Konkurrenz beseitigen, heute noch.

Walter ging in die Küche und nahm die geschmierten Brote in die Hand. Andrea hatte sie belegt. Wie immer.

Walter schaute noch ins Schlafzimmer, wo sie tief in die Decke eingekuschelt lag. Das dunkle Stoppelhaar leuchtete im Widerschein der Aquariumlampe.

Walter ging in die Garage, stieg in sein Auto und fuhr los.

Andrea lag wach im Bett. Es ging ihr nicht gut. Es geht niemandem gut, der seinem Mann ein Digitalispräparat unter das Brot gemischt hat. Walter biss nicht mehr ab, er würde die Stulle mit einem Happs verschlingen, es nicht schmecken. Es würde dauern, bis man ihr Bescheid sagte. Zum Fluss war es eine lange Strecke und man kannte ihn dort nicht. Seine Papiere trug er immer gut versteckt. Sie hatte Zeit.

Mit ein bisschen Glück würde niemand fragen. Das Medikament hatte Andrea bei ihrer Großmutter gefunden, die es sowieso nicht nahm. Und ein Mann in Walters Alter und mit seiner massigen Figur konnte durchaus einen Herztod erleiden.

Es war vorbei. Nie wieder musste sie einen Fisch ausnehmen, es war vorgestern das letzte Mal gewesen. Das allerletzte Mal! Sie war frei. Frei von ihm und dem Huchen.

Nur, warum war ihr seit gestern so komisch? Ihr war übel und sie fühlte sich schlapp. Andrea begann zu zittern, hatte das Gefühl von Fieber, starker Schüttelfrost setzte ein. Sie wartete eine Weile, döste ein wenig, schleppte sich durch die Nacht.

Nach ein paar Stunden ging es ihr besser, aber die Hand schmerzte, war seit gestern so dick geworden. Andrea machte sich einen Salbenverband, hoffte, dass der Schmerz nachließ. Dann folgte ein neuer Fieberschub, heftiger als der erste. Ihr ging es sehr schlecht. Schließlich war Andrea so schlapp, dass sie es nicht schaffte, zum Telefon zu gelangen, um Hilfe zu holen. Auf halbem Weg brach sie zusammen; vor ihr lag das Paket mit den Stullen. Walter hatte es nicht mitgenommen.

Es war ihr, als lachten sie zwei wulstige Lippen an. Als sie aufsah, öffneten sie sich zu einem tiefen Schlund und verschlangen sie mit einem Biss. Andrea hatte verloren.

Als Walter am nächsten Abend mit dem König des Flusses zurückkam, alarmierte er zwar den Rettungsdienst, aber es war zu spät. Die Wunde war tief und innen stark vereitert, der Huchen hatte in seinen Gedärmen zu viel Unrat gehabt.

Walter hatte sie einfach zu spät gefunden. Andrea starb eine Woche später auf der Intensivstation.

Auf dem Grabstein ließ Walter Fische eingravieren. Fische, seine große Leidenschaft. Er dachte, es würde sie freuen.

Christiane Franke

FRENCH 75

»Cocktailspiel! Zwölf Uhr Cocktailspiel!«

Die Stimme eines Animateurs drang marktschreierisch durch das geöffnete, nur von der gelb geblümten Gardine verdeckte Fenster. Claudia hörte nicht hin.

»Möchtest du für einen Cocktail unterbrechen?« Thomas hob, spitzbübisch lächelnd, den Kopf.

»Oh nein. Auf gar keinen Fall.« Claudias Stimme klang rauchig. Lang war es her, seit jemand, seit Uwe, sie so berührt hatte. Fast ein Jahr.

»Dann bin ich ja beruhigt.«

Dieses Lächeln. Diese Wärme. Die erst zur Glut wurde, um anschließend loderndem Feuer zu gleichen. Claudia bebte. Sie wand sich, zuckte, presste Lippen und Augen zusammen. Dann himmlische Entspannung. Doch Thomas gönnte ihr nur eine kurze Ruhepause, dann entfachte er die Flammen neu. Claudias Atem ging stoßweise.

»Senior Berger? ... Sind Sie da?« Es klopfte hart an der Tür.

Mit einem Seufzen löste Thomas sich von Claudia. »Tut mir leid.« Enttäuscht zuckte Claudia mit den Schultern.

Sie hörte ihn im Hauptraum des Appartements die Tür öffnen. »Si?«

»Luis möchte nicht mehr bei uns bleiben. Er weint nur noch nach seinem Papa.« Michaela. Eine der Betreuerinnen aus dem Babyclub.

»Schon okay. Komm, mein Spatz. Komm her.« Thomas schien seinen zweijährigen Sohn auf den Arm genommen zu haben, denn Claudia hörte ein fröhliches »Papa«, als die Tür wieder geschlossen wurde. Bedauernd erhob sie sich vom Bett. Es würde jetzt zu keiner weiteren Erfüllung, zu keiner Fortführung des begonnenen Spiels kommen. Luis würde das nicht zulassen. Schnell streifte sie sich ihre Shorts und das Bikinioberteil über, bevor sie in den Wohnraum ging, in dem auch das Kinderbettchen stand.

»Luis, mein Kleiner«, sie beugte sich zu dem süßen Fratz auf Thomas' Arm, der sie so sehr an ihren eigenen Sohn Mattis erinnerte. Den sie sofort lieb gewonnen hatte, noch bevor sie wusste, wer sein Vater war. »Clau«. Er streckte ihr seine kleinen, speckigen Ärmchen entgegen. Claudia lachte, knuddelte Luis' Bäckchen und warf Thomas eine Kusshand zu.

»Ich geh dann jetzt.« Sie küsste Luis auf die Wange, strich Thomas kurz über den Oberarm. »Bis später.«

*

»Cocktailspiel, 12 Uhr Cocktailspiel …« Der Animateur rief noch immer sein Mantra. Eigentlich hasste Claudia die Spielchen. Sie hatte weder Lust zu Cocktailspielen noch zu Wassergymnastik, auch nach Schießen, ob es nun Gewehr oder Pistole war, stand ihr nicht der Sinn. Doch gerade diese Art von Spielen bot Ablenkung. Drängte die Gedanken beiseite, die sie seit fast einem Jahr mit sich herumtrug. Seit Uwe und Mattis bei einem Verkehrsunfall gestorben waren. Unspektakulär, aber lebensverändernd. Auf dem Weg zum Hort war es passiert. Ausgerechnet an diesem Tag war sie spät dran gewesen. Uwe hatte Mattis mitgenommen. »Ich schaff das genau so wie du, du Übermutter«, hatte Uwe lachend beim Abschied gesagt, Mattis auf dem Arm. Es war ein strahlender Sommertag. Drei Tage vor ihrem Urlaub, den sie hier, in dieser Anlage in Spanien, verbringen wollten. Die Sachen hatte Claudia schon herausgelegt. Alles war vorbereitet. Die Akkus von Foto- und Video-Kamera aufgeladen, Uwes und Claudias Pässe lagen bereit und Mattis' Kinderausweis, noch ohne Foto. Claudia war unbesorgt, in Vorfreude auf vierzehn fröhliche Tage, zur Arbeit gefahren. Scherzte mit den Kollegen, war gut drauf. Bis die Polizei kam. Bis sie die Nachricht vom Unfall erhielt. Eine 81-Jährige hatte die Vorfahrt missachtet, war ungebremst in Uwes Auto gerast. Mattis hatte hinter seinem Vater im Kindersitz gesessen. Uwe war sofort tot, Mattis starb am nächsten Tag. Am liebsten hätte Claudia sich mit beerdigen lassen. Sie fühlte sich selbst tot, spürte keinen Funken Leben mehr in sich. Der Polizeiseelsorger hatte ihr Selbsthilfegruppen für junge Witwen und verwaiste Eltern ans Herz gelegt. Doch das lehnte Claudia ab. Sie brauchte keine Selbsthilfegruppen. Als Waise hatte sie sich schon immer allein durchkämpfen müssen.

Auf dem sonnigen Weg von Thomas' Appartement zur Poolbar, dem Treffpunkt für die Erwachsenen-Spiel-Angebote, trat ein Lächeln auf ihr Gesicht. Sie hatte es richtig gemacht. Auch, wenn die Entscheidung, hier herzufahren, ein Jahr nach dem Unfall, bei Uwes Eltern auf Unverständnis gestoßen war, sogar zu einem erbitterten Streit geführt hatte. Doch es war gut, dass sie hier war. Hier hatte sie Luis und Thomas gefunden.

»Olá«, begrüßte sie Riccardo, als sie sich zu der Gruppe im Schatten gesellte, »Claudia, do you want to win once more a cocktail?«

Claudia lachte. »Si!«, sagte sie. Natürlich wollte sie – beim Cocktailspiel hatte sie schließlich Thomas kennengelernt. Bei einem *French 75.*

»Stehst du auch auf Französisch?« Sein Zwinkern hatte das unschuldig aussehende Gesicht Lügen gestraft, sie zu einem Lachen veranlasst.

»Abär natürlich.« Sie hatte mit französischem Akzent und tiefer Stimme geantwortet, dann prosteten sie sich zu. Konnte die Welt schöner sein? Das war das Omen, dass alles gut wurde.

*

Sichelförmig stand der Mond am Himmel, beleuchtete schwach die Segelschiffe, die draußen in der Bucht vor Anker lagen. Luis schlief in seinem Kinderbettchen, den Daumen im Mund. Wie Mattis. Genau wie Mattis lag Luis im Bett. Claudia zog das kleine Laken bis über Luis' Hüfte, obwohl er durch seinen Schlafsack genügend geschützt war. Obwohl es immer noch warm war. Doch, was konnte man gegen mütterlichen Instinkt tun?

Thomas trat hinter sie. »Was machst du denn?«, fragte er. »Ich dachte, du wolltest nur kurz aufs Klo.« Er zog sie von Luis' Bettchen weg. »Luis ist meine Aufgabe«, sagte er bestimmt.

Auf dem Weg zurück ins Schlafzimmer nahm er sie in den Arm, bedeckte ihren Hals mit Küssen. Claudia fühlte, wie sich neben der Erregung tiefe Ruhe in ihr ausbreitete. Zu Hause. Sie fühlte sich zu Hause. Dabei hatte sie derzeit nichts, was sie Zuhause, ein Heim, nennen konnte. Die Wohnung in Bremen hatte sie aufgelöst. Alle Brücken hinter sich abgebrochen. In zwei Wochen würde sie einen Neuanfang in Hamburg starten. Neuer Job, neue Wohnung, neues Leben. Sogar ein neuer Name. Bei ihrer Heirat hatte sie Uwes Namen an ihren Mädchennamen gehängt, was zusammen mit dem doppelten Vornamen eigentlich bescheuert war. Claudia-Sophie Lück-Fischer. Auf dieser

Reise war sie es noch, aber danach … Sie konnte nicht mehr mit dem alten Namen, den Erinnerungen leben. Unter Aufbringung aller Härte, zu der sie sich selbst gegenüber fähig war, hatte sie beim Standesamt die Namensänderung beantragt, auch den Job in Hamburg mit dem neuen Namen bekommen. Denn da war die Hoffnung, dass sie als Sophie Lück auch den Schmerz loswerden würde. Aber vielleicht waren Thomas und Luis das Pflaster, das ihre Seele brauchte? Vielleicht würde aus Sophie Lück bald Claudia-Sophie Berger?

»Komm«, Thomas knabberte an ihrem Ohr. »Lass uns da weitermachen, wo wir heute Mittag aufhören mussten.« Er zog sie mit sich, drückte sie auf das Bett. »Meine Güte, weißt du eigentlich, dass du puren Sex ausstrahlst?« Er küsste ihren Bauchnabel, saugte daran. Claudia entfuhr ein kehliges Lachen. Sie reckte ihre Arme in die Luft, lieferte sich Thomas ganz und gar aus.

»Du bist einfach fantastisch. Was wären wir für ein perfektes Paar«, stöhnte er. Gegenseitig trieben sie sich die Wellen hinauf und hinab, bis schließlich die Kraft zu Ende war, sie nur noch von satter Zufriedenheit erfüllt wurden.

»Was steht dem entgegen?«, nahm Claudia Thomas' Gesprächsfaden wieder auf.

»Meine Frau natürlich.«

»Verstehe ich nicht.« Claudia beugte sich über Thomas, küsste ihn. Lange, voll der Zärtlichkeit, die sie empfand. »Sie ist doch nicht mitgekommen. Hat euch allein fahren lassen. Ich dachte, eure Ehe besteht nur noch auf dem Papier.«

»Sie hatte einen guten Grund.« Thomas wand sich unter Claudias Berührungen, diesmal jedoch nicht vor Lust. Ein wenig beschämt schob er Claudia beiseite. »Mareikes Mutter hatte kurz vor unserem Urlaub einen Schlaganfall.

Deshalb ist sie nicht mitgekommen. Sie wollte bei ihrer Mutter sein. Natürlich habe ich das verstanden. Aber da wir die Reise nun mal gebucht hatten … Und Luis und ich eh nur gestört hätten …«

»Und wir? Was ist mit uns?« Claudia sah ihn fassungslos an.

»Uns?« Thomas wirkte irritiert. »Wie? Mit uns?«

Wortlos stand Claudia auf und ging in den Wohnraum mit Luis' Bettchen.

»Komm zurück«, hörte sie Thomas leise rufen. Claudia reagierte nicht. Eisige Kälte hatte von ihr Besitz ergriffen. Der innere Tod war wieder da. Doch das würde sie nicht zulassen, es gab ja etwas, für das es sich zu leben lohnte. Vorsichtig zog sie das Laken über Luis glatt. Beugte sich über ihn und gab dem Schlafenden einen Kuss. »Bis morgen früh, mein Kleiner«, sagte sie, bevor sie mechanisch die Besteckschublade der Küchenzeile öffnete. Mit dem scharfen Fleischmesser hinter dem Rücken ging sie starren Blickes zurück ins Schlafzimmer.

*

»Schhhhhh, mein Schatz«, sagte Claudia zu Luis, der hinter ihr in Mattis' Kindersitz quengelte. Es war noch dunkel, sie war mitten in der Nacht aufgebrochen. Thomas hatte sich nicht wehren können, als sie mit dem Messer auf ihn einstach. Es war alles so schnell gegangen. Fast wie ein Kinderspiel. Auch wenn sie den Gedanken an Thomas' blutüberströmten Körper sicherlich für lange Zeit nicht los wurde. Natürlich wäre ihr ein Leben mit Luis *und* Thomas lieber gewesen. Doch man musste Opfer bringen, um zu erreichen, was man wollte. Und Luis war wichtiger. Er würde sich schon an seinen neuen Namen gewöhnen. Wie gut, dass sie mit dem eigenen Wagen und nicht mit einem

Flieger nach Spanien gekommen war. So würde es keine Probleme geben. »Gleich, mein Schatz, gleich haben wir die Grenze hinter uns.« Ihr Blick fiel auf die Ausweise auf dem Beifahrersitz: ihren und Mattis'. Sie lachte laut. Hamburg: bereite dich vor! Sophie und Mattis Lück kommen!

Manfred C. Schmidt

ICH WAR'S

Moin! Bin ich hier richtig bei Herrn … Aha, gut. Ja, also …

Weswegen ich hier bin? Das ist eine gute Frage. Gar nicht so leicht zu beantworten. Ich habe lange mit mir gerungen, hab mir gesagt, du musst dich stellen. Ja, so war's! Du musst dich stellen, hab ich mir gesagt; sei ehrlich, lass nichts aus! Gestehe alles!

Das ist leichter gesagt als getan. Aber die Tat belastet mein Gewissen. Ich will mich davon befreien, obwohl … Meine Schuld wird mir wohl niemand nehmen können.

Was ich getan habe? Hm, das einfach so auszusprechen ist so … so nüchtern und brutal … Aber es nützt nichts. Es muss raus und Sie haben recht, das zu fragen. Deswegen bin ich ja auch hier. Ich will und muss mich der Tat stellen. Ich habe … puh … also, ich habe einen … jetzt habe ich einen Kloß im Hals; der schnürt einem alles zu … Es ist so ein banaler Satz, aber er weigert sich herauszukommen.

Ich soll mich zusammennehmen? Okay, ich reiße mich zusammen, obwohl es mir … Ja, doch … Also, ich habe einen Menschen um… also, ich habe ihn … ICH HABE EINEN MENSCHEN UMGEBRACHT!
    (leise) Ja, ich habe einen Menschen umgebracht.

(laut) VERSTEHEN SIE JETZT, WARUM ICH HIER BIN? WARUM ICH SO DURCHEINANDER BIN? 'tschuldigung, ich wollte nicht laut werden. Aber die Verzweiflung bemächtigt sich meiner; ich fürchte, in Panik zu verfallen. Ich halte das Ganze nicht mehr aus.

Gut. Okay, dann erzähle ich, wie es passierte. Oder besser noch, ich erzähle von Anfang an, wie es dazu kam. Das Ganze hat ja auch einen Grund. Ist doch klar. Man geht doch nicht ohne Grund auf einen Menschen los und bringt ihn um die Ecke. Nur so aus Lust und Laune. Das ist ja wohl kaum der Fall.

Aber dann muss ich jetzt doch etwas weiter ausholen, damit Sie das auch verstehen können, damit Sie überhaupt begreifen können, wie es zu dieser Tat kommen konnte.

Seit Generationen geht meine Familie dem Gewerbe der Marktbeschicker nach. Seit ich denken kann, besetzen wir den Platz gegenüber dem Junker-Balthasar-Brunnen auf dem Esenser Kirchplatz.

Wie? Nein, nicht zum Gemeindehaus hin, sondern er liegt fast direkt neben dem Eingang zur St. Magnus-Kirche. Ja, genau zwischen der Kirchentür und dem Glockenturm.

Früher besaß meine Familie einen Gemüsestand, den wir aber an die Familie Kaminsky verkauften. Griet Kaminsky stand auch jeden Tag neben mir – bei Rött un Regen, wie man so schön sagt. Wir haben uns gemocht, die Griet und ich, woll'n mal so sagen. Ab und zu gingen wir auch aus, aber nur so, dass ihr Mann nichts davon mitbekam – Sie verstehen!

Um halb zehn ist auf dem Wochenmarkt Frühstückspause. Griet und ich tranken dann regelmäßig zusammen einen

Kaffee im Mehrgenerationenhaus nebenan. Das heißt, Griet mochte lieber Tee. Das wärmt besser, meinte sie. Anschließend lösten wir unsere Mitarbeiter am Stand ab, damit die auch eine Frühstückspause machen konnten.

Naja, jedenfalls gingen wir immer zusammen, Griet und ich, immer um halb zehn.

Wie? Nein, ihren Mann habe ich nicht ermordet. Das ist doch ein ganz feiner Kerl, der Josef; der war auch nie auf dem Markt, der arbeitete immer auf dem Hof der Kaminkys.

Wen dann? Nun warten Sie doch einmal ab. Ich bin schließlich gerade dabei, das zu erzählen.

Also, wo war ich stehen geblieben? Ach ja, wir machten zusammen Frühstückspause. Wenn wir zurück an unseren Ständen waren, flachsten wir gerne herum, so von Stand zu Stand, wenn nicht so viel los war. Griet hat so einen herrlichen Humor, wissen Sie?

Was heißt das, *hat* oder *hatte*? Wie meinen Sie das? Nein, sie *hat* einen herrlichen Humor, sagte ich, sie lebt ja noch! Ich würde ihr im Leben nichts antun.

Ein bisschen mehr Geduld, ich bin gleich so weit.

Ja, und dann passierte etwas Ungeheuerliches. Ich komme vor einigen Wochen mit meinem Wagen auf den Marktplatz gefahren, will mich auf unseren Stammplatz stellen – das ist auch für die Kunden wichtig, nicht wahr? Die Kunden wollen immer alles so vorfinden, wie sie es gewohnt sind. Das wollen die so! Jede Veränderung schreckt sie ab.

Nun, ich also mit unserem Gespann auf den Platz, will schon mal wenden, um rückwärts einzuparken, und was meinen Sie, was passierte?

Genau wie Sie es vermuten. Unser Stand war besetzt. Stellen Sie sich das einmal vor! Einfach so, einfach besetzt. Unser Marktstand.

Was ich gemacht habe? Zunächst bin ich ganz ruhig ausgestiegen und zu dem jungen Mann hin.

Wie alt der war? Na, so Mitte dreißig. Also, ich da hin und sage zu ihm, er müsse sich versehen haben. Er stünde auf dem falschen Platz. Er müsse seinen Stand versetzen. Zu allem Überfluss sah ich, dass es sich ebenfalls um einen Verkaufsstand für Fleisch- und Wurstwaren handelte; zusätzlich bot er Geflügel und Eier an, genauso wie wir.

Und was soll ich sagen? Der Verkaufswagen war nagelneu und sah wie geleckt aus. Alles vom Feinsten!

Der Kerl beachtete mich zunächst gar nicht und legte seine Waren weiter in aller Ruhe aus.

Als ich etwas lauter wurde, meinte er lakonisch, er würde von jetzt an auf diesem Platz stehen. Wäre so abgemacht mit dem Marktmeister. Ich könnte einen Platz weiterrücken. Das muss man sich einmal vorstellen, so eine Frechheit.

Danach suchte ich mir den Marktmeister, den ich aber erst nach einer halben Stunde endlich fand und …

Nein, ich brachte ihn nicht um; Herrgott noch einmal, warten Sie es doch ab. Ich hab doch kein Massaker veranstaltet.

Mittlerweile kamen bereits die ersten Kunden und weil ich meinen Stand noch nicht hergerichtet hatte, kauften sie natürlich bei dem bereits erwähnten jungen Mann, bei Karl Kroetz. Der Marktmeister meinte nur, das wäre eine Weisung von ganz oben und er könne da nichts machen; man müsste da noch einmal drüber reden. Der hat den

Marktmeister geschmiert, wenn Sie mich fragen. Was ist da noch zu bereden, frag ich Sie?

Nun warten Sie es doch ab, ich komm gleich auf den Punkt.

Wie? Ob ich schlechter verkauft habe? Was für eine Frage. Um 70 Prozent ging mein Umsatz zurück, 70 Prozent.

Nein, es lag natürlich nicht nur an dem Platz, zugegeben. Der Wagen von Karl Kotz ... äh ... Kroetz machte natürlich viel mehr her und billiger war der Kerl auch.

Am Samstag kam die nächste Pleite. Er bot Nordsee-schlangen an, so dünne Mettwürstchen; abgeguckt hat er das von uns! Nur, dass sie bei uns Wattwürmer heißen. Nordseeschlangen, so ein dämlicher Name. Ich blieb jedenfalls auf meinen Würmern sitzen.

Und dann kam eine weitere Spitze von Karl Kotz. Er schickte mir das Gesundheitsamt auf den Hals; seit 25 Jahren das erste Mal, dass sie zu uns kamen. Sonst haben wir doch immer Tipps ans Amt geschickt, wenn uns ein Stand nicht ganz koscher erschien. Und nun das! So eine Schande!

Woher ich weiß, dass der junge Mann dahintersteckt? Nun, ich habe den Mitarbeiter vom Gesundheitsamt gefragt, wer sie informiert hätte. Er meinte, er dürfe das nicht sagen, deutete aber mit dem Kopf in die Richtung von Karl Kroetz, diesem Windhund, diesem Denunzianten. Wer ist das größte Schwein im Land? Es ist und bleibt der Denunziant!

Ob die etwas zu bemängeln hatten? Wie soll ich sagen? Kleinigkeiten. Die Schlachtabfälle sollten wir etwas mehr von der Verkaufsware trennen, das schon. Die Arbeitskittel sollten öfter gewechselt werden, wegen der Blutflecken.

Und das Mückenspray, das wir hin und wieder über die Waren abspritzen, damit die Fliegen verschwinden, das wollten sie auch nicht mehr sehen. Aber das ist doch lachhaft. Gehen Sie doch einmal in Holland über den Groninger Fischmarkt. Dort, wo der Fisch ausgelegt ist, Sie wissen! Da sehe ich nicht eine Fliege, nicht eine. Ich habe selber gesehen, wie die alten Fischweiber den Fisch besprühen, und das war kein Wasser, das kann ich Ihnen sagen.

Hinzu kam allerdings auch, dass ich zunächst die Schilder, die meine Ware als Bio-Ware kennzeichnet, entfernen musste, weil ich auf die Schnelle keine genauen Bezugsnachweise beibringen konnte. Kleinigkeiten, Peanuts sozusagen.

Für mich aber war das Schlimmste an der Marktplatzsituation, dass ich keinen Blickkontakt mehr zu Griet hatte. Nichts ging mehr. Der Verkaufswagen von Karl Kotz stand dazwischen. Der Karl nahm also nicht nur meinen Marktplatz, sondern auch den Platz bei Griet ein. Die beiden schnatterten miteinander wie eine ganze Gänseherde. Und Geschichten erzählte der … unglaublich. Angeblich hätte ihm jemand den Lack am Wagen zerkratzt. Dann hätte es einen versuchten Mordanschlag gegeben, da angeblich jemand Nägel so schräg an die Reifen gestellt hätte, dass sie sich dort hineindrückten.

Angeblich wäre er dadurch lebensbedrohlich auf dem Heimweg ins Schlingern geraten, angeblich … Ich sage, das war die reinste Übertreibung! Nägel, wenn ich das schon höre. *Ein* Nagel war es, genau einer.

Und Griet? Griet bedauerte ihn natürlich. Sie tauchte auch nicht mehr bei unserem obligatorischen Frühstück im Café auf. Ich entdeckte auch, warum: Eines Mittwochs sah ich nämlich vom äußersten Café-Fenster aus, von dem man das Kirchturmtor einsehen kann, wie dieser Karl da durch schlüpfte: Und keine drei Minuten später flitzte Griet hinterher. Meine Griet, ab in den Turm. Jeden Markttag, immer zur zweiten Frühstücksschicht, so bis 10 Uhr etwa. Nun war klar, warum sie keine Zeit mehr für mich hatte.

Wie? Na logisch bin ich denen eines Tages nachgegangen, das heißt, ich hatte mich vorher im obersten Turmgeschoss versteckt, gleich über den Glocken. Und dann kamen sie. Zuerst der Karl und drei Minuten später Griet.

Was die dort machten? Blöde Frage, einen Quickie, aber vom Feinsten. Das ging ruckzuck. Der hatte doch immer so eine Workout-Hose wie die Body-Builder an, so 'ne Schnellfickerhose. Danach verschwand Griet. Der Karl wartete noch, weil es doch aufgefallen wäre, wenn sie zusammen aus dem Turm gekommen wären. Er steckte sich etwas in Ohren, beugte sich ein wenig über die Brüstung und winkte ihr nach unten.

Ich schlich mich vorsichtig an ihn heran, aber bevor ich etwas tun konnte, schlug es mir wie ein Kanonenschlag entgegen: Es war 10 Uhr und die Glocken begannen zu läuten. Was sage ich: zu läuten? Sie explodierten förmlich. Meine Trommelfelle feierten Silvester und mir schwanden fast die Sinne. Karl hatte wohl vorgesorgt und Ohrstöpsel dabei, der wusste das. Und ich? Ich bekam die volle Dröhnung ab. Aber dann nahm ich mich zusammen: Ich ging geradewegs auf ihn zu. Karl sah und hörte mich natürlich nicht. Dann umfasste ich seine Knöchel, hob ihn hoch und warf ihn über das Geländer.

Nein, das Schreien hat niemand gehört, wie denn auch bei dem Krach der Glocken. Ich taumelte die Treppenstufen hinunter. Meine Ohren rauschten wie ein Wasserfall.

Unten sah ich ihn dann liegen ... alle Gliedmaßen verdreht. Ein scheußlicher Anblick.

Ich blickte mich um. Anscheinend hatte niemand etwas bemerkt. Ich öffnete den historischen Leichenwagen im Erdgeschoss und hievte den Toten unter Mühen hinein. Dann verschwand ich nach draußen.

Ob das Blut an meinem Kittel nicht auffiel? So viel Blut war das nun auch nicht und es kommt schon mal öfter vor, dass ich Blutflecken am Kittel habe, von Berufs wegen sozusagen. Karl wurde dann gefunden, aber die Polizei tappt immer noch im Dunkeln.

Na ja, ich bin nun wieder an meinem alten angestammten Marktplatz. Aber die Tat verfolgte mich in meinen Träumen und quälte so sehr, dass ich hierher kommen musste. Mich stellen musste. Ich hielt es nicht mehr aus!

Ob ich die Tat bereue? Na klar bereue ich. Ich bereue zutiefst meine Tat. Und vor dem Gefängnis habe ich auch große Angst. Sie sehen, ich bin ein Nervenbündel.
Doch wenn Sie gestatten: Ich habe nämlich jetzt auch noch eine Frage an Sie:

Stimmt es eigentlich immer noch, dass Sie als Pastor an das Beichtgeheimnis gebunden sind?

Christiane Franke

Iᴍᴍᴇʀ ᴡɪᴇᴅᴇʀ ᴅɪᴇɴsᴛᴀɢs

Es schneite an diesem Dienstag Anfang März. Wieder einmal. Der Himmel sah aus wie ein Apfelschimmel. Dicke, schwere Flocken erschwerten das Vorwärtskommen, auf den Straßen hatte der Schnee zu Rutschpartien und Unfällen geführt.

Britta war das egal. Sie hatte es nicht weit von ihrer Wohnung zur Saunawelt und freute sich auf Wärme, Ruhe und Entspannung, als sie ihren alten Fiesta auf einem der Frauenparkplätze abstellte. Ihre Tochter Nina hatte bis halb drei Schule, Stephan blieb über Mittag sowieso in der Firma, vor ihr lagen mindestens vier erholsame Stunden.

Sie wuchtete die Sporttasche aus dem Kofferraum und stapfte Richtung Eingang. Früher war sie immer mit ihrer Schwester in die Sauna gegangen, doch seit Anja wieder Arbeit hatte, ging Britta allein. Anfangs hatte sie sich nicht recht getraut, aber inzwischen genoss sie diese Zeit. Diese Stunden gehörten nur ihr.

Sie bezahlte den Frühtarif, erhielt das rote Bändchen mit dem Chip und lief die Treppen hinauf.

Im Umkleidebereich war noch nicht viel los, kein Wunder, es war erst kurz nach neun und das Wetter hatte sicherlich den einen oder anderen vom Sauna-Besuch abgehalten.

Während sie sich auszog und ihre Sachen im Spind verstaute, fragte sie sich, ob Daniel heute auch da sein würde.

Beim letzten Mal hatte sie ihn kennengelernt. Raucher sind eben kommunikativ, dachte Britta schmunzelnd, als sie sich erinnerte, wie Daniel und sie leicht frierend im Saunagarten an ihren Zigaretten gezogen hatten. Dabei waren sie ins Gespräch gekommen, hatten zwei Saunagänge zusammen gemacht und sich über Gott und die Welt unterhalten. Mit Stephan waren diese unbeschwerten Unterhaltungen spärlicher geworden, er kam immer abgekämpft aus dem Büro, und ließ sich oft gleich nach dem Abendbrot in seinen Sessel fallen. Schade, eigentlich. Doch es hatte sich so entwickelt und insgesamt führten sie eine glückliche Ehe.

Britta verschloss den Schrank, schnappte ihre Tasche und ging in den Saunabereich, wo sie sich erst einmal unter die Dusche stellte und heißes Wasser auf sich herabprasseln ließ. Dabei hielt sie mit den Händen die Brustwarzen bedeckt, denn der harte Strahl tat ihr an diesen Stellen weh.

Als sie kurz darauf die Treppe in den unteren Saunabereich hinabstieg, lachte ihr schon eine Stimme entgegen: »Hey! Schön, dass du auch da bist. Dann können wir ja zusammen das ganze Programm durchziehen.«

Daniel. Die Füße in einem Keramikbecken mit dampfendem Wasser saß er da, ein breites Lächeln auf dem noch jugendlichen Gesicht. Britta schätzte ihn auf Mitte Zwanzig, also bestimmt fünfzehn Jahre jünger als sie selbst.

»Hey.« Sie stellte ihre Tasche im Regal ab und setzte sich neben ihn. Gentlemanlike ließ er in das andere Fußbecken Wasser ein und zufrieden spürte Britta, wie die Wärme in ihren Beinen hochstieg. Entspannung pur.

»Hast du heute wieder Nachtschicht?«, fragte sie. Daniel arbeitete als Pfleger in einem Oldenburger Krankenhaus.

»Jau. Muss erst um acht antreten. Hab übrigens gehofft, dass du heute kommst. Ist schöner, wenn man zu zweit hier ist.«

Britta lachte auf. War schon irgendwie ein eigenartiges Gefühl, wenn ein jüngerer Mann so etwas sagte.

»Wie geht's deinem Bruder?« fragte sie. Daniel hatte erzählt, dass Mike in der Klinik lag, wieder einmal mit Asthma. Er und Daniel waren Zwillinge, hatten beide mit Allergien zu kämpfen, wenngleich Mike schlimmer dran war. Bei Daniel hingegen waren es überwiegend Nahrungsmittel, und die meisten, so sagte er, konnte er prima meiden. Bei einigen sei es allerdings sehr schlimm, da müsse er höllisch aufpassen. Auch Britta kannte sich auf diesem Gebiet hinreichend aus, ihre Tochter Nina war Neurodermitikerin und Britta selbst leitete eine Selbsthilfegruppe.

»Geht so«, sagte Daniel nun, »sie haben wieder etwas Neues festgestellt, auf das er reagiert. Eigentlich darf man gar nicht in eine Klinik gehen, die finden eh immer wieder etwas.«

»Muss aber ja sein, Daniel«, sagte Britta bedauernd, »andernfalls ...« Sie ließ das Wasser aus dem Becken, stand auf und schlüpfte in ihre Badelatschen. »Ich geh in die Kaminsauna.«

»Dann komm ich mit.« Daniel schnappte sich ebenfalls sein Handtuch, warf es über die Schulter und hielt ihr galant die Türen auf. Britta schmunzelte insgeheim. Stephan hielt ihr schon lange keine Tür mehr auf.

Die große Blockhütte war leer. Hinter einer Glasscheibe flackerte ein munteres Feuer und brachte zusätzlich zum Saunaofen eine Wärme, die sie umhüllte wie ein dickes Federbett im Hochsommer. Britta streckte sich auf ihrem Handtuch aus. Dass sie im Schambereich rasiert war, war ihr anfangs peinlich gewesen, aber bei Daniel spielte das irgendwie keine Rolle. Außerdem saß er auf der gegenüberliegenden Seite, hatte also reichlich Abstand und, ob er wirklich so genau hinsah ...? Er hatte bislang nicht ein Mal diesen Scannerblick an den Tag gelegt, mit dem viele andere Männer Frauen taxierten.

»Ist dein Mann nicht eifersüchtig, wenn du mit fremden Männern in der Sauna bist?«, fragte Daniel unvermittelt.

»Na ja, ein bisschen schon. Ist aber unsinnig, oder? Erstens hat man ja außerhalb der Saunen einen Bademantel an und zweitens, worauf sollte er eifersüchtig sein?«

»Na, auf mich zum Beispiel. Oder auf andere, die du hier kennenlernst.«

»Quatsch. Ist doch alles ganz harmlos, man unterhält sich, ist doch nichts dabei.«

»Meinst du?« Daniel grinste frech und setzte sich auf. »Bist du eigentlich schon mal fremdgegangen?«

Britta lachte. »Ich glaube nicht, dass dich das was angeht.« Sie rieb sich mit der Hand über Arme und Beine, um das Schwitzen anzukurbeln. Sie schwitzte nicht so leicht, Daniel hingegen lief das Wasser schon in Strömen über die Haut.

»Los, sag schon«, drängte er. »Ihr seid schon so lange zusammen. Kann man das überhaupt, ohne ein einziges Mal das Bedürfnis nach jemand anderem zu haben? Ist der Sex immer noch gut oder flaut das ab? Schlaft ihr überhaupt noch miteinander?«

Nun richtete sich auch Britta auf. Was war das denn jetzt? Sollte sie die Rolle der mütterlichen Ratgeberin geben?

»Ja, man kann so lange zusammen sein und noch Spaß am Sex haben«, sagte sie, und langsam begann auch bei ihr der Schweiß zu rinnen, erste Tropfen bahnten sich den Weg zwischen ihren Brüsten hinunter. »Und ja, es gibt in jeder Beziehung Phasen, in denen es mal besser und mal schlechter läuft. In denen man anfällig für andere ist. Wird bei euch Männern sicher nicht anders sein.«

»Also, bist du schon mal fremdgegangen?«

»Mir wird das hier zu heiß.« Britta stand auf, band sich ihr Handtuch um die Brust und ging nach draußen. Noch immer fielen Schneeflocken, sammelten sich auf dem Boden und den Liegen zu einer weißen Decke. Sie spazierte um das Außenbecken herum, hörte die Außendusche prasseln und einen kurzen Aufschrei.

»Das hast du jetzt verdient«, lachte sie und ging hinein. Sie stellte sich lieber unter die warme Dusche.

Als sie abends im Bett lag, gingen ihre Gedanken noch einmal zurück. Beim Milchkaffee hatte Daniel erneut nachgehakt und, sie wusste nicht warum, irgendwie hatte sie der Teufel geritten. So hatte sie ihm erzählt, dass sie doch einmal fremdgegangen, einmal aus ihrer Ehe ausgebrochen war. Vor vierzehn Jahren. Nun plagten sie Gewissensbisse. Sie hätte Daniel nichts davon sagen sollen. Wenn nun …

In den folgenden Wochen ließ Daniel das Thema »fremd ehen« unberührt, Britta merkte lediglich, dass sich ein neckend-flirtender Unterton in ihre Unterhaltungen schlich. Inzwischen schickten sie sich auch SMS – alles ganz harmlos. Sie handelten von Fußballspielen, von dem, was er im Krankenhaus erlebt hatte und davon, wie es seinem Bruder ging. Jeden Abend warf Britta einen Blick auf ihr Handy, jeden Abend fand sie eine Gute-Nacht-SMS von ihm vor. Und ertappte sich immer wieder dabei, dass sie lächelte, wenn sie seine Nachrichten beantwortete.

Der Frühling hatte die Stadt schon längst erobert, als Britta im Saunagarten die Sonne auf ihren nackten Körper scheinen ließ. Die Glasfront hinter ihr warf die Wärme zurück, sie räkelte sich zufrieden nach dem Honig-Aufguss, den sie gerade hinter sich hatte. Auch einige der anderen Liegen waren besetzt, im Schwimmbecken zog ein älteres Ehepaar seine Bahnen.

Herrlich, dachte Britta, als sie zu ihrer Flasche Mineralwasser griff und einen großen Schluck trank.

»Ich denke, es ist an der Zeit, dass wir uns auch mal außerhalb der Sauna treffen.«

Britta meinte, nicht richtig zu hören.

War das tatsächlich Daniel, der das so nebenher von der linken Liege gesagt hatte? Sie setzte die Flasche ab, drehte langsam den Verschluss darauf und sah ihn an.

»Wie bitte?!«

»Ich denke, wir sollten uns mal abends treffen.« Er lächelte.

»Warum?«

»Weil ich mit dir schlafen will. Darum.«

»Daniel, bitte! Ich bin fast fünfzehn Jahre älter als du. Such dir eine in deinem Alter, eine die zu dir passt und nicht verheiratet ist.«

»Ich will keine andere. Ich will dich.«

»Geht nicht.«

»Nein?«

»Hör mal, ich mag dich. Wirklich. Aber … das geht nicht.«

»Doch, das geht. Hast du doch schon einmal gemacht. Auch wenn's lange her ist. Ich stell mir das wunderschön vor. Zuerst würde ich dich massieren, ganz langsam. Ganz zärtlich. Dann würde ich dich küssen. Überall. Und streicheln, bis du vor Wonne stöhnst. Und dann …«

»Nein, Daniel. Hör auf. Ich will nichts mehr davon hören.« Abrupt sprang Britta auf. Im Schwimmbecken tauchte sie unter, versuchte, einen kühlen Kopf zu bekommen. Auf was hatte sie sich nur eingelassen?

Aber Daniel hörte nicht auf und schließlich ging Britta an jenen Tagen in die Sauna, von denen sie wusste, dass er nicht da war. Dennoch wurden Daniels SMS immer drängender. Keine Spur mehr von Andeutungen. Jedes Mal, wenn Britta jetzt an ihr Handy ging, spürte sie einen Kloß im Hals. Und als sie diese SMS bekam, wurde ihr schlecht: »Du wirst mit mir schlafen«, hieß es, »sonst berichte ich deinem Mann von deiner Affäre. Er kann sicher rechnen. So wie ich. Nächsten Dienstag in der Sauna … mach es uns doch nicht so schwer.«

Britta schluckte. Fühlte, wie ihr der Schweiß auch ohne Saunieren den Rücken hinunter lief. Verzweifelt rieb sie sich über den Mund. Was sollte sie nur tun? Daniel hatte recht, Nina war das Produkt dieses Seitensprunges, aber Stephan hatte sich nie Gedanken gemacht, warum es mit einem zweiten Kind nicht geklappt hatte. Wenn er es nun erführe …

Noch nie hatte Britta so weiche Knie gehabt wie an diesem Dienstag.

Sie musste Daniel von seinem Vorhaben abbringen, ihn überzeugen, dass sie zwar gerne weiter Spaß haben und über pikante Dinge reden konnten, dass aber nichts lief. Dass sie auf keinen Fall mit ihm schlafen würde. Sie musste es schaffen. Andernfalls …

Bevor sie den Spind verschloss, stopfte sie sich noch eine Handvoll Studentenfutter in den Mund. Nervennahrung. Es war heute schon die zweite Tüte.

Diesmal wärmte weder der Saunaofen noch das Kaminfeuer. Ihr war kalt, als sie mit Daniel allein in der Blockhütte saß. Wo zum Teufel waren die anderen? Konnten die nicht einmal hier sein, wenn man sie brauchte?

Heute saß Daniel neben ihr, ließ seine Hand über ihren Rücken wandern.

»Daniel. Hör auf.« Britta rückte ein Stück ab.

»Wirklich?«, lächelte Daniel.

»Bitte. Das, was du willst, geht nicht. Ich will es nicht. Und ich tue es nicht.« Brittas Tonfall wandelte sich von bittend in bestimmt.

Doch Daniels Stimme behielt die Zärtlichkeit, war ein einziges Streicheln, als er bedauernd sagte: »Dann werde ich eben mit deinem Mann telefonieren müssen. Der Arme, warum musst du ihm das antun?« Wieder rutschte er näher, diesmal wanderte seine Hand über ihre Brüste hinunter in den Schambereich. Eisige Gänsehaut stieg in Britta auf. Sie zitterte.

»Warum ich?«, fragte sie. »Warum suchst du dir nicht eine, die zu dir passt?«

»Ist dir denn gar nicht bewusst, wie schön du bist? Wie erotisch? Wie scharf du mich machst?« Seine Hand bewegte sich auf ihrem Schoß.

Britta schluckte.

»Du läufst nackt vor mir rum. Ich kann dich angucken, aber nicht anfassen – meinst du denn wirklich, nur weil ich jünger bin, übst du keine Anziehung auf mich aus? Hat dein Mann dir gesagt, dass du eine alte Frau bist?« Die Finger wanderten zwischen ihre Schenkel. »Das bist du nicht, du regst mich zu den wildesten Fantasien an. Und ich will das Vollblutweib in dir zum Kochen bringen.« Seine Hand tastete sich noch weiter vor.

Britta stieß die Luft aus.

Okay. Wenn es denn gar nicht anders geht, dachte sie. Sie schob seine Finger weg. Wandte sich ihm zu, lächelte. Atmete noch einmal tief ein. Dann beugte sie sich vor und küsste ihn. Sofort öffnete er seine Lippen, Zunge spielte mit Zunge, seine Hände glitten über ihren nun schweißnassen Körper.

Doch das Lustspiel währte nicht lang. Dauerte nur Sekunden.

Dann sackte Daniel in sich zusammen.

»Anaphylaktischer Schock«, schrieb der Notarzt in den Totenschein. Irgendwie musste Daniel ohne sein Wissen mit Haselnüssen in Kontakt gekommen sein. In welcher Form auch immer.

In Brittas Haushalt jedenfalls ist seitdem stets eine Tüte Studentenfutter zu finden.

Aus: »Ich siebenhändiger Mann« Quartus-Verlag,

Regine Kölpin

DER LETZTE KAMPF

Der Boxer lag auf dem Rücken, den Mund leicht geöffnet.
Seine seitlich heraushängende Zunge war violett angelau-
fen. Die Arme ordneten sich in einem rechten Winkel zum
Rumpf, die Füße lagen parallel nebeneinander, sodass der
Körper die Form eines Kreuzes bildete. Leise durchflutete
Time to say goodbye mit seinen Tönen die Boxarena, strich
sanft über den Toten hinweg. Das Arrangement wirkte
friedlich und erst, als jemand den CD-Player stoppte, es
still wurde, merkte auch der Letzte, dass wirklich der Tod
in ihrem Kreis Einzug gehalten hatte.

Fighting Bull hatte keine Feinde gehabt, nur Gegner,
gegen die er zwar verbittert, aber immer fair kämpfte.
Fighting Bull war einfach wer im Boxsport.

Sein richtiger Name lautete Wolfgang Wannensee, doch
von dem wusste keiner so richtig etwas. Nur, dass er bei
seinem Vater gelebt hatte. Angeblich war der schon recht
gebrechlich, obwohl sein Alter erst um die 60 lag. Das hatte
Wolfgang einmal kurz erwähnt. Bei der Weihnachtsfeier im
letzten Jahr, wo er versehentlich zu viel getrunken hatte.
Sonst wäre auch diese Tatsache nie nach außen gedrungen.
Weiter wusste man wirklich nichts von ihm. Gar nichts.

Im Boxclub war er eben nur *Fighting Bull*, der beste
Boxer seiner Klasse. Im Verein, in der Region. Da passte
es einfach nicht, dass er sich nach dem Kampf um einen

alten, gebrechlichen Mann kümmerte. *Fighting Bull* war sehr darauf bedacht gewesen, nicht zu viel Wolfgang Wannensee nach außen dringen zu lassen.

Wie er nun so im Boxring gekreuzigt dalag, konnte sich keiner einen Reim darauf machen, warum gerade er auf diese Weise sterben musste.

Man müsse jemanden zu seinem Vater schicken, klang eine Stimme durch. Weil der sich doch nicht helfen könne. So allein. Ohne seinen Sohn.

Die Haustür zur Wohnung des Vaters war dann nur angelehnt und auch er war tot. Auf dem Tisch neben ihm lagen zwei Schachteln mit verschiedenen Sorten von Tabletten. Heribert Wannensee hatte sich das Leben genommen.

Am lautesten weinte Rico, als er vom Tod seines Trainers hörte. Für ihn war *Fighting Bull* nicht nur Trainer, sondern auch Vaterersatz gewesen. Sein eigener war, schon während er im Bauch seiner Mutter reifte, bei einem Unfall ums Leben gekommen. Rico war danach allein mit seiner Mutter gewesen. Sie vergötterte ihren Sohn, war der Welt gegenüber aber feindselig eingestellt. Im Zuhause von Rico Überschar war Lachen eine Regung, die nicht erwünscht war. Ihren Kummer ertränkte seine Mutter gern mit bitterem Schnaps, den sie sich regelmäßig in den Kaffee kippte und der ihre Stimmung zumindest um Nuancen anhob. Aber es reichte nicht, um Rico ein fröhliches und entspanntes Zuhause zu bieten. Als er das als Teenager richtig begriffen hatte, begann der Junge vor lauter Ohnmacht immer wieder wild gegen seine Kissen zu boxen. Später hatte er sich zum Geburtstag einen Punchingball gewünscht und wahllos darauf herumgeschlagen, wenn das Leben ihn zu erdrücken schien.

Aber dann hatte Rico im Fernsehen zufällig einen Boxkampf gesehen. Mit einem der Klitschkos. Dabei erkannte er, dass Boxen eine Art des Sportes war und nicht dazu diente, wahllos auf seinen Gegner einzuschlagen, nein, dass eigentlich der siegte, der Finesse und Technik am besten in Einklang zu bringen vermochte. Rico schaute alle Kämpfe im Fernsehen, bekam ein Gefühl dafür, was gutes Boxen und was wirklich nur Schlägerei war.

Er wollte es lernen. Richtiges Boxen. Doch als er mit dem Wunsch, dem Boxclub beitreten zu dürfen, an seine Mutter herangetreten war, hatte sie vehement ein Verbot ausgesprochen. »Boxen ist ein brutaler Sport, Rico. Ich möchte nicht, dass du so etwas lernst.«

»Boxen ist nicht brutal. Boxen macht fit. Und man prügelt ja nicht wild um sich, bitte! Denk doch mal an Axel Schulz oder die Klitschkos …«

»Die haben alle platt geschlagene Nasen«, war die Antwort seiner Mutter und sie war hart geblieben.

Also ging Rico heimlich in den Club, freundete sich mit seinem Trainer *Fighting Bull* an und sah in ihm die Person, der er in seinen pubertären Fantasien gern nacheifern wollte.

Es war nicht allzu schwer, das Boxtraining vor seiner Mutter geheim zu halten, da sie jeden Tag als Packerin in einer großen Fabrik lange arbeitete. Rico wurde immer besser, immer mehr zum Liebling von *Fighting Bull*. Sehr zum Unmut seiner Trainingspartner.

»*Fighting Bull* zieht dich vor. Dauert nicht mehr lange, und du stehst dauernd im Ring, nicht wir.«

Aber genau das war das Problem. Rico konnte nicht im Ring stehen. Nicht, ohne dass es seine Mutter merken würde. Die Unterschrift für den Vereinseintritt hatte Rico gefälscht und den Beitrag zahlte er stets in bar an *Fighting Bull*, der das Geld weiterleitete, in dem Glauben, Rico habe es von seiner Mutter.

»Du wirst jetzt deinen ersten Kampf bestreiten, das ist lange überfällig«, sagte *Fighting Bull* eines Tages. »Deine Ausflüchte zählen nicht mehr. Du bist der beste in der Truppe und alle anderen kämpfen sich schon hoch.«

Rico schaltete alle Gegenargumente aus, zu heiß war er längst auf einen richtigen Kampf. Und er gewann ihn. Leichte Blessuren verunzierten sein Gesicht, aber die konnte er seiner Mutter als Sturz vom Fahrrad verkaufen.

Auch im nächsten Kampf siegte er, aber dieses Mal war das Nasenbein angebrochen und Rico musste ins Krankenhaus. Das ging jetzt nicht mehr heimlich.

»Du boxt? Trotz Verbot?«, fragte seine Mutter. An der Art, wie ihr Gesicht sich in Falten legte, wie ihr Mund langsam zu einem Strich wurde, erkannte Rico, dass er den Bogen überspannt hatte.

»Was hast du gegen Boxen?«, rief er, schwieg aber, als er die leicht erhobene Hand seiner Mutter sah, die ihm andeutete, still zu sein.

»Wer ist dein Trainer?«, fragte sie leise. Rico wurde immer kleiner. Eine leise Mutter war verdammt gefährlich.

»*Fighting Bull*, Mama.«

»Der richtige Name. Ich will seinen richtigen Namen. Und die Adresse! Dem werde ich die Hölle heiß machen!«

Rico schrumpfte immer mehr in sich zusammen. »Wolfgang Wannensee. Wohnt in der Nautilusstraße, glaube ich«, flüsterte er, sah, wie seine Mutter den Mantel von der Garderobe nahm und davoneilte. Als sie wiederkam, war sie blendender Laune.

»Was hast du mit ihm gemacht, Mama?«

Sie strich ihm über den blonden Schopf. »Nichts. Er ist nett, souverän.« Sie strahlte ihren Sohn an. »Du darfst weitertrainieren.«

Rico konnte es nicht fassen. Er tanzte durch die Wohnung, stieß ein Geheul aus, das die Wände touchierte und wie ein Echo ständig zurückzukommen schien. »Kriege ich auch Boxhandschuhe? Eigene?«, fragte er.

Seine Mutter brachte ihn nun öfter zum Training und eines Abends fuhr sie auch Wolfgang Wannensee nach Hause.

»Willst du mit reinkommen, Anja?«, fragte Wolfgang. Er wirkte schüchtern. Rico war erstaunt, wie anders *Fighting Bull* sich benahm, wenn er mit seiner Mutter sprach.

»Gern«, antwortete sie und lächelte. Anja Überschar, seine Mutter, lächelte zum ersten Mal seit dem Tod ihres Mannes. So ein richtig echtes Lächeln, nicht dieses höfliche, aufgesetzte Grinsen, mit dem man den Postboten vor der Tür oder die Typen auf einer Behörde begrüßt. Ricos Mutter lächelte, ihr ganzer Körper strahlte.

Die Wohnung von *Fighting Bull* sah anders aus, als Rico es erwartet hatte. Gleich im Flur hing ein großes Kreuz mit einem blutig geschlagenen Jesus. Dunkle Eichenmöbel, ein grünes Samtsofa und allerlei Nippes erinnerten Rico an die Wohnung, die seine Großmutter einmal gehabt hatte. Auch der Geruch, süßlich abgestanden und nach Alt, passte dazu. Rico sah sich um. Aus einem Zimmer stank es penetrant nach Babyöl- und Creme. Eine raue Stimme schob sich wie eine Gewitterfront durch die düsteren Räume. »Wolli, bist du das?«

»Ja, Vater. Ich habe noch jemanden mitgebracht. Anja, die Mutter von Rico, meinem besten Schüler!«

»Ich will sie sehen«, donnerte die Stimme. Seine Mutter und *Fighting Bull* betraten das Zimmer, Rico quetschte sich unauffällig am Türrahmen entlang hinein. Auch über dem Bett des alten Mannes prangte ein Kreuz, dieses Mal aber ohne Jesus daran.

Wolfgang Wannensee schien vor dem Bett seines Vaters

zu schrumpfen. Er nahm eine leicht gebeugte Haltung ein, verneigte sich beinahe vor dem hohen Federbett, aus dem oben ein faltiger Kopf und eine dürre Hand herausragten.

Rico war nicht glücklich, hierher gekommen zu sein. Hier war *Fighting Bull* nicht *Fighting Bull*, so wie Rico ihn haben wollte. Groß, unangreifbar und über allem stehend. Hier war er Wolfgang Wannensee total, ein unscheinbarer Mann, der seinen Vater windelte und vor ihm kuschte.

Als Wolfgangs Vater Anja sah, schrie er los. »Raus mit ihr! Weg mit ihr! Ich will diese Frau in meiner Wohnung nicht!« Seine Stimme überschlug sich, er japste nach Luft, lief hochrot an, dass Anja und Rico erschrocken in den Flur zurückwichen.

»Tut mir so leid«, stammelte Wolfgang, ruderte hilflos mit den Armen, als wolle er die Worte seines Vaters damit verwischen. Anja ging auf ihn zu, drückte die Arme an seinem Körper herunter und hielt sie dort fest. »Er ist ein alter Mann. Und dement, oder?«, fragte sie.

»Manchmal reagiert er schon seltsam«, sagte Wolfgang. »Aber so schlimm …«

»Das nächste Mal kommst du mit zu mir. Wenn er doch Schwierigkeiten hat, dass ich da bin …«

Es dauerte ein paar Tage, ehe sie wieder etwas von Wolfgang hörten. Rico war nicht böse darüber. Er musste erst damit zurechtkommen, dass es neben *Fighting Bull* noch diesen Wolfgang Wannensee gab. So sehr er auch genoss, dass seine Mutter mit Wolfgang Wannensee wieder lachen konnte, so sehr hasste er einfach die Tatsache, dass *Fighting Bull*, sein Idol, außerhalb des Boxclubs ein normaler Mann war. Ein unbedeutender Typ, der zu Hause eher schwach und fahl wirkte und vor seinem eigenen Vater zu Kreuze kroch. Ein Weichei eben.

»Vater ging es sehr schlecht in den letzten Tagen«, sagte

Wolfgang, als er bei Anja am Tisch saß. »Er hat wahrscheinlich Angst, dass ich ihn allein lasse. Deinetwegen«, sagte er. Ricos Mutter zeigte Verständnis, umsorgte ihn.

Dann nahte *Fighting Bulls* Kampf bei *The night of stars*, dem größten Boxereignis der Region. Es sollte sein letzter Kampf, sein Abgang sein. Glorreich sollte er werden. Aber in den Tagen davor ging es *Fighting Bull* merklich schlechter. Er litt unter Appetitlosigkeit, oft war ihm schwindelig. Seine Mahlzeiten erbrach er häufig.

»Du bist sicher nervös. Weil es dein letzter Kampf ist und du den nicht verlieren möchtest«, tröstete Anja ihn.

»Ich glaube, ich kann gar nicht antreten.« Wolfgang war blass, wirkte niedergeschlagen. »Ich kenne mich so gar nicht.«

Kurz vor dem Kampf verneigte sich *Fighting Bull* immer noch drei Mal vor dem Bild Muhammad Alis, seinem großen Idol. Dieses Mal nickte er nur kurz mit dem Kopf.

Beim Einmarsch gab er sich siegessicher, keiner der Zuschauer merkte etwas von seiner Unpässlichkeit. Rico dachte schon, dass es vielleicht doch nur die Nervosität gewesen war, wie seine Mutter es gesagt hatte. Er setzte sich aufrecht hin, genoss die Tatsache, dass er, Rico Überschar, der Ziehsohn dieses großen Boxers war. Laut forderte *Fighting Bull* seinen Gegner Sammy Braun heraus, machte ihn verbal klein. Danach erhob er die Hand in Ricos Richtung zum Victory-Zeichen und der wusste, dass man ihn darum beneiden, ja, ihn ein paar seiner Boxkameraden für dieses Privileg sogar hassen würden.

Die Betreuer gaben die letzten Anweisungen und dann begann der Kampf. *Fighting Bull* strauchelte schon zu Beginn, taumelte hin und wieder gegen die Seile, wirkte fahrig. Rico saß jetzt mit weiß gedrückten Fäusten, in die er seine Daumen versenkt hatte, im Publikum. Er hatte die

Lippen fest aufeinander gebissen, am Ende des Kampfes schmeckte er Blut. Genau wie *Fighting Bull*, der unter dem Auge eine Platzwunde hatte, die zwischenzeitlich versorgt werden musste.

Doch schon nach den ersten beiden Runden lag Sammy Braun nach Punkten weit vorn. *Fighting Bull* war, wie Muhammad Ali, eher ein Konterboxer, einer, der defensiv an den Kampf heranging. Tänzelnd wich er normalerweise den Angriffen aus, schlug dann jedoch mit großer Kraft und Zielgenauigkeit zu. Aber dieses Mal gelang ihm nichts. Nur halbherzige Schläge landeten beim Gegner, schließlich ging er in der vierten Runde, kurz vor Ende der zweiten Minute, zu Boden und blieb dort wie tot liegen. Diese Tatsache war einzigartig in *Fighting Bulls* Boxkarriere.

Sanitäter stürzten in die Arena, als er sich auch nach längerer Zeit nicht erhob. Aber dann stand er auf. Die Lippe war aufgeplatzt, das rechte Auge blutunterlaufen. Regungslos ließ er die Siegesmeldung des Kampfrichters über sich ergehen. *Fighting Bull* war geschlagen, in seinem letzten Kampf entthront worden. Müde torkelte er zum Ausgang. Der für Sammy Braun eben noch begonnene Jubel wirkte mit einem Mal verhalten. Der größte Teil des Publikums hatte eigentlich *Fighting Bulls* Abgang feiern wollen, so wie er es verdient gehabt hätte.

Rico versuchte ihm nachzulaufen, ihn in seiner Kabine anzutreffen, doch als er die Tür öffnete, saß da nicht *Fighting Bull*, sondern nur Wolfgang Wannensee. Ein Wrack. Klein, unbedeutend und zitternd, bekleidet mit einem Boxtrikot, das ihm nicht zustand, ja, das völlig unpassend an seinen verschwitzten Beinen klebte. »Geh, Rico. Ich möchte allein sein.«

Rico knallte die Tür zu, trat draußen gegen die Wand. *Fighting Bull* hatte sich mit seinem schmachvollen Abgang vor allen blamiert und ihm, Rico, das Idol genommen. An was sollte er jetzt noch glauben? *Fighting Bull* war gestorben, jetzt gab es diesen Windeln wechselnden Loser.

»*Fighting Bull* ist tot«, sagte Rico, als er am Nachmittag vom Boxclub nach Hause kam. Seine Worte kamen nur langsam aus ihm heraus, so als könne er durch das Gesagte wirklich erst jetzt fassen, was passiert war. Anja sah aus dem Fenster und starrte in den Feierabendverkehr, der sich in endlosen Leuchtschlangen durch die Straßen schob. »Tot?«, fragte sie.

Rico nickte: »Tot.«

»Du trauerst nur um *Fighting Bull*, nicht um Wolfgang Wannensee«, sagte Anja. »Sonst würdest du jetzt weinen.« Sie stierte weiter in das Lichtermeer der Stadt.

Nach einer langen Zeit sagte Rico in einer leichten Tonlage, mit der er sich sonst zum Training verabschiedete: »Du hast Recht. Ich wollte, dass Wolfgang Wannensee stirbt.« Er holte tief Luft. Seine sich noch im Stimmbruch befindende Stimme fing an zu kieksen. »Aber ich wollte, dass *Fighting Bull* lebt!« Er holte noch einmal richtig aus und schaffte es tatsächlich, ein männliches Timbre in seine Stimme zu legen. »Und dass er siegt! Siegt! Siegt!« Danach fiel er zu einem Häufchen Mensch zusammen. Rico wischte sich mit dem Ärmel einen zähen Fetzen Schleim von der Nase. Er stand auf. »Ich bin in meinem Zimmer.«

»Schenkst du mir vorher noch einen Kaffee ein?«

»Wie immer?«

»Mehr als das. Viel mehr heute«, sagte Anja und hörte erst das Klappern der Tasse, dann das der Flasche.

Vor ihren Augen begann das alte Bild zu tanzen. Das Bild von Hardy, Ricos Vater. Als er im Ring am Boden gelegen hatte. Weiß, kaltschweißig und wie dann das Leben aus ihm gewichen war. Damals, vor 13 Jahren. Sie war keine zwanzig gewesen und schon schwanger. Was hatten sie sich trotzdem auf das Kind gefreut. Mit der Entspanntheit des Todes in Hardys Gesicht war Anja das Lächeln entwichen, das sie erst wieder gefunden hatte, als sie *Fighting Bull* oder besser Wolfgang Wannensee kennen gelernt hatte. Es war ein zufriedenes Lächeln gewesen. Das Lächeln einer Rachegöttin.

Heribert Wannensee, Wolfgangs Vater, war damals, in diesem Fight, der Kampfrichter gewesen. Er hatte Hardy zusammenprügeln, ihn weiterboxen lassen, als es längst aussichtslos gewesen war. Anja hatte das Boxen seit jeher gehasst. Mochte es nicht, wenn Blut floss, wenn die Augen anschwollen. All das war mit Hardy in diesem Kampf geschehen. Er hätte aufhören sollen, aber Hardy war wie *Fighting Bull*. Niemals hätte er vorzeitig den Ring verlassen. Der Arzt hatte immer wieder sein Okay gegeben und Heribert Wannensee hatte dementsprechend keine Veranlassung gesehen, den Kampf abzubrechen. So krähte hinterher kein Hahn nach Heriberts Schuld. Nach Aussage der Ärzte war Hardy an einem plötzlichen Herzversagen verschieden. Nichts, was der Ringrichter hätte vorhersehen können.

Anja hatte das anders gesehen und ruhelos auf Rache gesonnen. Über ihr Gesicht glitt wieder ein Lächeln. Wolfgang hatte durchklingen lassen, dass sein Vater nach einem Kampf, der als Unglücksfall mit dem Tod geendet hatte, plötzlich immer merkwürdiger, fast irr geworden war.

Doch das hatte ihr nicht gereicht. Er sollte mehr leiden. Er sollte das durchmachen, was sie nach Hardys Tod hatte überstehen müssen.

»Jeder bekommt im Leben seine Chance«, dachte Anja und wieder glitt ein breites Lächeln über ihr Gesicht.

»Mit Schuss«, hatte sie jedes Mal gezwinkert, wenn sie Wolfgang etwas aus der grünen Flasche in den Kaffee gekippt hatte. »Ich trinke es gern so.«

Manchmal hatte er das Gesicht verzogen, aber ein Wolfgang Wannensee widersprach nicht, sondern trank.

Auf der Arbeit hatte Anja sich ein bisschen schlau gefragt, wie das Zeug eigentlich so wirke, das sie Tag für Tag verpackten. Eigentlich, um Pflanzen zu schützen. Und Anja hatte Antworten bekommen. Genug, um zu wissen, wie es ging. Sie hatte das Mittel erst nur stark verdünnt in den Kaffee gegeben, sie wollte Wolfgang zunächst nur schwächen. Er sollte seinen letzten Kampf noch erleben. Als bittere Schmach und Niederlage, denn das war etwas, was Heribert äußerst tief kränken würde, bevor sie zum finalen Schlag ausholte. Was hatte Anja es genossen, als *Fighting Bull* bei dem Kampf, der sein großer Triumph werden sollte, vor seinem Publikum zu Wolfgang Wannensee geworden war. Erniedrigt, bloßgestellt, ausgepfiffen. So wie Hardy damals.

Natürlich hatte sie ihn getröstet. Und ihm einen Kaffee mitgebracht, den er dieses Mal besonders bitter fand. »Weil du das Leben bitter findest«, hatte Anja gelacht und ihn auf die Wange geküsst.

Als Wolfgang später tot im Ring gelegen hatte, war es ihr unmöglich gewesen, ihn nicht symbolisch zu kreuzigen. Ihn, den Sohn des Mannes, der mit seiner falschen Frömmigkeit den Mord an Hardy hinter einem blutenden Jesus am Kreuz versteckte. Warm war Anja geworden dabei. Sie hatte ihre Rache bekommen und konnte Hardy endlich loslassen. Anja hatte ein Anfall von Sentimentalität gepackt und es war ihr als freundliche Geste erschienen, dieses Lied als Dauerbeschallung anzustellen. Sie hatte Wolfgang über den verschwitzten Kopf gestrichen und sich entschuldigt, weil er eigentlich ein Bauernopfer war. Während sie seine Haut berührte, hatte sie ein komisches Gefühl gepackt, das sie abrupt verdrängte, denn sie war noch nicht fertig.

Gleich danach war sie zu Heribert Wannensee gefahren,

hatte ihm ein paar Packungen Tabletten auf den Nachttisch gelegt und gesagt, sie sei der Racheengel von Hardy, dem Fighter. Und dass sein Sohn schon gerichtet sei. Er habe eine schmähliche Niederlage erlitten und danach habe sie, der Racheengel, ihn gekreuzigt.

Der Alte hatte sofort begriffen, dass es aus war. Sie musste nicht nachhelfen. Schon in ihrem Beisein rührte er sich die tödliche Mixtur zurecht.

Anja lächelte wieder. Doch es sah nicht glücklich aus. Im Gegenteil. Das warme Gefühl, das sie gestern Abend in der Boxarena gehabt hatte, war einer fröstelnden Kälte gewichen. Sie hatten nun alle ihren letzten Kampf gekämpft, gewonnen hatte eigentlich keiner. Sie stand auf. Ihr war übel. Das alles war einfach zu viel gewesen. Anja war schwindelig, aber sie musste zu Rico. Vielleicht würde ihr dort wieder warm werden. Sie musste ihm erklären, dass sein Vater nun gerächt sei und wie und warum genau er ums Leben gekommen war. Rico würde verstehen und dann diese elendige Boxerei lassen.

Sie stolperte im Flur über eine gepackte Trainingstasche, aus der eine bunte Satinhose und ein Paar neue rote Boxhandschuhe hervorquollen. Rico hatte die Jacke schon an. »Wir boxen trotzdem weiter«, sagte er. »Wir geben nie auf.« Als die Tür hinter ihm ins Schloss fiel, übergab Anja sich genau auf die Stelle, an der die Tasche gestanden hatte. Sie musste sich abstützen, weil ihr schwarz vor Augen wurde. Als sie den Kopf noch einmal anhob, sah sie durch die angelehnte Tür auf der Küchenanrichte neben der Kaffeemaschine die grüne Flasche mit der Tanne darauf stehen. Die Flasche, aus der sie Wolfgang Wannensee so gern den Kaffee mit Schuss serviert hatte.

(aus »Million Dollar Mama«, Romantruhe, Kerpen 2008

Manfred C. Schmidt

UND WAS IST MIT TEE?

In seiner Geschichte »Bändigung eines Tigers« erzählt der Autor B. Traven das Geschehen um die schöne, stolze Mexikanerin Doña Luisa, deren ungefügiger und starrer Charakter von einem unbändigen Jähzorn mit verheerenden Ausbrüchen angereichert war. Bei der Heirat sagte sie ihrem Mann Juvencio gleich, sie ließe sich nicht herumkommandieren, auch nicht von ihm.

Eines Tages kam er müde zum Essen nach Hause und setzte sich danach zu seiner Frau auf die Veranda. Er verlangte Kaffee. Sie entgegnete nur, sie sei nicht sein Dienstmädchen.

Daraufhin blickte Don Juvencio den Papagei an und sagte: »He, Loro, hol mir Kaffee!« Als der Vogel nicht reagierte, zog er den Revolver und schoss. Der Ara flatterte tot zu Boden.

Dann war der Kater dran: »He, Gato, hol mir Kaffee!« Doña Luisa beobachtete sehr wohl die Szenerie, hielt sie aber für lächerlich. Auf alle Fälle musste der Kater dran glauben.

Nun musste der Knecht das tollste Pferd zum Haus holen und Juvencio sagte seinen Spruch: »Caballo, hol mir Kaffee!« Keine Reaktion, zumindest nicht beim Pferd. Dafür knallte der Revolver.

»Wahnsinn, so ein Prachttier«, meinte darauf Doña Luisa

und war kurz davor in Wut zu geraten. Juvencio schwenkte nur den Revolver und sagte seelenruhig: »Luisa, hol mir eine Kanne Kaffee!«

Nun ja, langer Rede kurzer Sinn: Luisa wurde totenbleich und eilte in die Küche, um den Kaffee zu holen.

So weit die Geschichte; sie lässt doch Männerherzen höher schlagen. Auch mir gab sie zu denken, als ich Anfang Juli im Garten saß und einen richtigen Teedurst hatte.

»Mäuschen«, sagte ich zu meiner Frau, ich sage immer »Mäuschen« zu ihr, »Mäuschen, mach mir bitte einen leckeren Tee.«

»Geh selbst, du hast zwei gesunde Hände«, antwortete mein Mäuschen patzig. Was soll ich sagen, ich war richtig sauer.

Düster blickte ich zu Boden. Eine kleine Spitzmaus huschte unter den Liegestuhl meiner Frau. Urplötzlich fiel mir Travens Geschichte wieder ein. Zwar wurde dort nach Kaffee verlangt und ich wollte Tee, aber sonst …

Als eifriger Jagdgenosse hielt ich meine Waffen stets blitzsauber. Und so lag mein Drilling von der Vormittagsarbeit noch auf dem Tisch und funkelte in der Sonne.

Vorsichtig, aber entschlossen nahm ich die Waffe in die Hand und wiederholte: »Mäuschen, mach mir bitte einen Tee!«

Meine Frau wurde bei: »Ich sagte schon, du sollst selber …« von einem lauten Knall unterbrochen, der an den Hausmauern widerhallte.

»Igitt!«, sagte sie nur, als sie die Überreste der Spitzmaus sah. Die war sozusagen mausetot.

Ich aber wandte mich zum Vogelbauer um und rief unserem Wellensittich zu: »Hansi, flieg in die Küche und mach mir einen Tee!« Hansi pickte munter am Hirsekolben herum. Es sollte seine letzte Mahlzeit sein. Seelenruhig schob ich die Schrotpatrone ins Gewehr und Sekunden später sah Hansi wie ein bläulich-grünes Teesieb aus, bevor er ohne zu japsen von der Stange fiel.

»Lächerlich«, schnaubte meine Frau.

Dass ich heute ein schwarz-weißes Nierenfell im Schrank habe, lässt das Schicksal unseres Katers erahnen. Auch er wollte keinen Tee bringen.

Um meinen Hund tat es mir besonders leid, nicht etwa, weil ich an dem Tier hing, aber es war immerhin ein rein-rassiger Deutschdrahthaar mit roten Papieren und gut fünfhundert Euro wert.

»Hasso, hol mir eine Tasse Tee aus der Küche!«

Weder seine treuen, braunen Augen noch sein Schwanz-wedeln machten die Leistungsverweigerung wett.

»Eine ziemliche Sauerei«, flötete meine Gattin, fügte dann aber pragmatisch hinzu: »Jetzt können wir wenigstens in Urlaub fahren, ohne die Tiere versorgen zu müssen!«

Urlaub, Urlaub! Ich wollte keinen Urlaub! Ich wollte schwarzen Tee! Also handelte ich wie in der Traven-Story: »Mäuschen«, wiederholte ich und nahm die Waffe in die Hand, »Mäuschen, mach mir bitte Tee!«

Eine kurze Pause entstand. Die Spannung ließ die Luft knistern. Um der Forderung Nachdruck zu verleihen, stand ich auf.

Dann hörte ich sie sagen: »Also, weißt du, ich bin nicht dein Dienstmädchen. Ich habe dir grad schon gesagt: Wenn du Tee haben willst, geh in die Küche und mach dir selber welchen. Dann kannst du mir gleich noch ein Glas Wasser mitbringen.«

Ich stand wie erstarrt. Meine Hände zitterten. Was hatte sie gesagt? Sie handelte doch ganz falsch!!! Sie müsste doch in die Küche flitzen und mir Kaffee, äh, ich meine Tee bringen und zwar zacko!

Und was tat sie?

Nichts. Gar nichts!

Sollte ich verdursten, nur weil sie nicht in die Küche wollte? Das durfte nicht sein! Ich musste handeln und ich handelte!

Wütend griff ich das Gewehr und legte es an ... die Tischkante.

Dann machte ich in der Küche Tee und brachte meiner Frau ein Glas Wasser.

Christiane Franke

Akku leer

Schon lange ist es dunkel. Die Landstraße, die Maya seit bestimmt einer Stunde entlangfährt, zieht sich schnurgerade dahin. Kein Mensch scheint an diesem Montagabend unterwegs zu sein. An diesem wenig einladenden Montag, der den ganzen Tag schon grau und stürmisch ist. Der Regenwolken über das Land peitscht, sodass sich jeder glücklich schätzt, der daheim bei einer heißen Tasse Tee auf dem Sofa bleiben kann.

Maya reibt sich gähnend die Augen. Sie ist müde, schon seit dem frühen Morgen ist sie unterwegs und bestimmt liegt noch eine weitere Stunde Fahrt vor ihr, bevor sie ihr Ziel, ein kleines Städtchen im Ostfriesischen, erreicht. In der letzten halben Stunde ist ihr kein Fahrzeug begegnet, keines hat sie überholt und nicht eines fuhr hinter ihr her. Lediglich die kahlen Bäume, die die Straßenränder säumen, winken gespenstisch in dem dunklen Blau der Nacht, beugen sich vor und zurück, als wollen sie ihr etwas mitteilen.

Urplötzlich kommt der Knall.

Und der Stoß, der sie fest gegen den Gurt drückt.

Mit einem Schlag ist Maya hellwach. Du musst anhalten, Maya, sagt sie sich, während der Wagen weiterrollt. Mechanisch tritt sie auf die Bremse und hält am Straßenrand. Ein Zittern schüttelt ihren Körper, die Hände halten krampfhaft den Lenker fest. Oh Gott, denkt sie. Und immer wieder:

oh Gott, oh Gott. Erst nach ein paar Minuten schafft sie es, die Finger vom Lenkrad zu lösen und sich vorsichtig umzuschauen. Doch im Dunkel der Nacht ist nichts zu erkennen. Der schwache rote Schein ihrer Bremsleuchten lässt keinen Rückschluss auf die Ursache des Geräusches zu.

Bleib ganz ruhig, Maya, sagt sie sich. Ganz ruhig. Noch einmal versucht sie, draußen etwas zu erkennen.

Fahr ein paar Meter rückwärts, Maya. Doch das Zittern ist zu stark. Unmöglich, jetzt auch nur zwei Meter zu fahren.

Dein Handy, Maya, du musst die Polizei anrufen.

Nein! Nicht die Polizei! Auf keinen Fall die Polizei!

Genauso plötzlich, wie das Zittern eingesetzt hat, hört es auf.

Vorsichtig, aber vollkommen Herr der Lage, setzt sie mit ihrem Wagen zurück. Es war ein Reh, Maya, bestimmt war es ein Reh.

Langsam rollt der Wagen, rollen die kleinen weißen Kegel der Rückfahrleuchten nach hinten. Da! Etwas liegt auf der Fahrbahn. Maya hält erneut. Wieder beginnt ihr Körper zu zittern. Es ist ein Reh, sagt sie sich, als sie den schwarzen Umriss schemenhaft erkennt. Es ist ganz sicher ein Reh.

Steig aus, überzeug dich! Doch sie unterdrückt den Gedanken, legt den Vorwärtsgang ein und startet durch.

Ihre Gedanken fliegen. Es ist ein Reh. Es ist ein Reh, jagt ihr durch den Kopf, es kann kein Mensch gewesen sein. Was sollte ein Mensch mitten in dieser Nacht auf der Landstraße, weit ab von jeglicher Zivilisation? Einen solchen Zufall kann, darf es nicht geben.

Nicht noch einmal.

Sie drückt härter aufs Gaspedal, die winkenden Bäume fliegen an ihr vorbei. Sie vermeint, ein Flüstern zu hören. Mörderin, Mörderin, säuseln die sich biegenden Bäume in ihren Weg. »Und wenn schon«, schreit sie laut zurück,

»wäre ja nicht das erste Mal! Ich hab' schon Routine im Überfahren von Menschen! Auch im letzten Jahr gab es nachts einen solchen Knall, auch im letzten Jahr habe ich gehofft, es sei ein Reh, das mir vors Auto gesprungen war. Doch im letzten Jahr bin ich ausgestiegen.«

Die Straße verändert sich, wird kurviger.

Im letzten Jahr war es kein Reh. Ein Mensch lag mit verrenkten Gliedern auf der Straße. Damals ist sie ausgestiegen. Er stöhnte und sah sie an.

Sie hatte daran gedacht zu helfen. Wirklich. Hatte zu ihrem Handy gegriffen und wollte Polizei und Notarzt verständigen. Aber der Akku war leer und weit und breit war nichts zu sehen, was auf eine menschliche Behausung schließen ließ. Als irgendwann das Stöhnen verstummte, war sie losgefahren. Hatte ihren Weg fortgesetzt. Versucht, nicht mehr an den Menschen zu denken, den sie auf der Fahrbahn zurückgelassen hatte.

Ihr Tempo wird höher, die Kurven schwieriger.

Weiter, schneller, feuert sie sich an.

Mörderin, wispern die Bäume. Sie hat den Eindruck, als wird dieses Flüstern immer lauter.

Ihr Wagen wies damals lediglich eine kleine Beule auf. Nichts, was Aufmerksamkeit erregt hätte. In der Zeitung stand am nächsten Tag ein Artikel über die Unfallflucht mit Todesfolge. Das Opfer: ein Mann. Verheiratet. Vater zweier Kinder. Das jüngste grad vier Monate alt. Den Täter hat man bis heute nicht ermittelt.

Ich habe Glück gehabt, denkt Maya, als sie die kurvenreiche Strecke entlang rast. Absolutes Glück. Und warum soll ich nicht auch diesmal Glück haben?

Das Tachometer zeigt einhundertvierzig Stundenkilometer an, als ihr in der nächsten Kurve ein Reh vor den Wagen springt.

Diesmal merkt Maya nichts mehr. Weder den kurzen Knall noch die Wucht, mit der ihr Auto gegen einen Baum prallt.

Regine Kölpin

HAHNENSCHREI

Der Jost hat schon ein bisschen selbst Schuld, dass er tot ist. Hätte er sich nämlich vor drei Jahren nicht in den Kopf gesetzt, er müsse seinen Resthof, auf dem bislang nur drei Katzen ihr Dasein fristeten, mit Ziegen, zwei Kühen und einem Hühnerhof ausschmücken, dann wäre er mit Sicherheit noch da. Wir Nachbarn sind schließlich sehr geduldige Menschen. Und tolerant. Wir haben nichts gesagt, als der Jost seine Frau zum Teufel geschickt hat, weil er die weiche Haut einer Zwanzigjährigen für ein paar Wochen interessanter fand. Wir haben auch nichts gesagt, als er seine Fensterläden in Rot gestrichen hat, sodass der Hof äußerlich eher einem bestimmten Etablissement glich. Wir sind ja tolerant. Sagte ich schon.

Als aber die Zwanzigjährige genug von seiner wohl nicht ausreichenden Potenz hatte – der Jost ist schon fast sechzig, machen wir uns doch nichts vor – , ist ihm in den Kopf geschossen, er könne jetzt ein richtiger Landwirt sein. Der Jost! Hat den Hof von seinem Onkel geerbt und sein Leben in Bochum auf den Kohlehalden verbracht! Der und Bauernhof!

Die Fensterläden wurden jedenfalls wieder grün, die Säge, der Bohrer, alles schien ununterbrochen zu laufen.

Kein Problem, dachte ich dann doch. Besser das, als die sexuellen Eskapaden, die uns anderen hier nur beschämt hatten.

Dann traf die erste Kuh ein und eine Stunde später die zweite. Das hat der Jost auch noch ganz gut hinbekommen. Obwohl es mir schleierhaft ist, wie er das mit dem Melken geschafft hat. Muss aber geklappt haben, die beiden gefleckten Frauen hätten ihm sonst die Hölle heiß gemacht.

Drei Tage später kamen zwei Ziegen, die schon nach der ersten halben Stunde über die Straße tobten und von unseren Frühlingsblumen nur noch armselige Stängel übrig ließen. Es dauerte etwa drei Wochen, da hatte Jost das Problem im Griff und kaufte zwei Shettys. Das ging problemlos und auch die Laufenten fügten sich in seinen Privatzoo ganz unauffällig ein. Da Jost es nicht hinbekam, die beiden vernünftig einzusperren, hatten auch wir etwas davon, da diese seltsamen, langhalsigen Kreaturen Nacktschnecken zu ihrer Leibspeise erkoren hatten und unsere Beete täglich davon befreiten. Wir begannen uns mit Josts Projekt anzufreunden, dachten, es sei sicher ein guter Ausgleich für seine bald folgende Rente. Doch dann kam der Hahn. Mit seinen Hennen.

Wir leben auf dem Land.

Wir sind viel gewöhnt.

Wir lieben Tiere.

Wir lieben die Natur.

Wir lieben die Geräusche der Natur.

Aber was zu viel ist, ist zu viel. Dieser Hahn krähte. Wie jeder Hahn. Aber er krähte länger. Und lauter. Und penetranter als jeder Hahn es in unserer Gegend je getan hatte. Um vier Uhr morgens ging es los. Er musste oben auf dem Scheunendach sitzen, um seinen Ruf möglichst weit übers Land schreien zu können. Und er musste auf dem First entlanglaufen, um jede Richtung nach seiner Fasson zu beschallen. Er tat es mit Inbrunst. Jeden Morgen. Immer wieder.

Eine Woche lang habe ich mir das angehört. Weil ich ja auch Hühner habe und mein Hahn ebenfalls hin und wieder kräht. Nach der zweiten Woche, in der meine Augen wegen des Schlafmangels schon tief in den Höhlen lagen, habe ich zumindest mal eine Beschwerde bei den anderen Nachbarn fallen lassen. Ich erntete breite Zustimmung, aber auch die deprimierende Antwort, dass da wohl nichts zu machen sei.

Am Ende der dritten Woche bin ich dann zu Jost hingegangen. Der hat tatsächlich behauptet, er habe gar keinen Hahn! Ich solle doch nachsehen! Das habe ich dann auch getan. Die Federn der Hennen flogen, als ich sie alle auseinander trieb. Richtig weiß war der Stallboden hinterher. Da war kein Hahn. Nicht einmal ein angehender, dem ich spontan den Hals hätte umdrehen können.

Ich kletterte auf den Heuboden, erklomm sämtliche Leitern, die an Josts Geräteschuppen und anderen Stallungen herumstanden. Alles fand ich. Leere Eimer, Katzenfutterdosen, rosige Nägel. Alles, nur keinen Hahn. Da stand nur Jost. Mit einem so breiten Grinsen im Gesicht, dass es eigentlich gar nicht zwischen Mundwinkel und Ohren passte. Der Mann hatte tatsächlich keinen Hahn.

Am nächsten Morgen krähte es.
Laut.
Schrill.
Inbrünstig.
Aus der Richtung von Josts Hof.
Es krähte wieder. Nein, kein Irrtum. Der Hahnenschrei kam von dort.
Ich schlüpfte in meine Sachen und schlich mich um die Hecke zu Josts Hof. Der lag tief verschlafen dort, alle Hühner waren brav eingesperrt. Kein Hahn zu sehen. In mir

kochte es. Wer wird schon gern veräppelt und dermaßen an der Nase herumgeführt? Mit mir nicht, Jost. Mit mir nicht.

Ich rüttelte an seiner Tür. Sie war unverschlossen. Eine graue Katze huschte an meinen Füßen vorbei. Aber es war still hier. Nur Josts Schnarchen knarzte aus einer der halb verschlossenen Türen. Ich wich zurück. Dieses Schnarchen war fast noch penetranter als der Schrei dieses Hahnes, den es augenscheinlich gar nicht gab. Das Schnarchen verebbte abrupt, es war eine Zeit still.

Dann ging die Tür auf und Josts Gestalt erhob sich vor mir im Türrahmen. »Was willst denn du hier? Um diese Zeit?«, umfing mich sein Atem, der eindeutig nach festem Schlaf roch.

»Der Hahn …«

»Hier ist kein Hahn!«, schrie Jost. »Wie oft soll ich das noch sagen? Ich bin der hahnloseste Mensch auf Erden!«

»Was kräht denn dann immer so? Bei dir auf der Scheune?«

Jost drehte sich um und winkte ab. Dabei schabte seine fleischige Hand an der Satinschlafanzughose, auf der überflüssigerweise weiße Schäfchen herumsprangen.

Nachdem ich auch die nächsten 32 Nächte wegen des Hahnes, den es gar nicht gab, nicht zum Schlafen gekommen war, gab es für mich nur einen Ausweg. Entweder musste Jost den Spaß an seiner Bauerei loswerden, weil ihm etwas Besseres einfiel oder er musste, samt seines imaginären Hahns, für immer verschwinden. Für den Augenblick überlegte ich sogar, ihm meine Frau anzubieten. Jost mochte sie, das war mir schon lange aufgefallen. Aber dann empfand ich es doch als ungerecht, wenn er auch noch Spaß und ich nur ausreichend Schlaf finden würde, sodass ich mich dann schließlich für Letzteres entschied.

Ich wusste, dass Jost morgens nie Licht machte, wenn er über den Hof in Richtung Stall torkelte, um das Vieh herauszulassen. Zwei Tage ausspionieren hatten dafür gereicht. Ich konnte ja ohnehin nicht schlafen. Es war nicht schwer, am dritten Morgen den Deckel zur unterirdischen Jauchegrube, die zwar nicht mehr intakt, aber doch tief genug war, herauszuhebeln.

Jost ist im Schlaf gestorben. Zumindest im Halbschlaf, ich glaube, er hat nicht allzu viel davon mitbekommen. Ich habe nur den Deckel wieder auf die Grube geschraubt, bin in den Hühnerstall gegangen, wo ich dann tatsächlich einen Hahn gefunden habe. Orangefarbig mit üppigem Schwanzgefieder. Er hat gut geschmeckt, sage ich Ihnen. Wie Jost es geschafft hat, ihn vor mir zu verstecken, wird mir immer ein Rätsel bleiben. Es ist auch egal. Ich kann wieder schlafen und habe noch ein paar Tiere für meinen Hof dazu bekommen. Jost war ja spurlos verschwunden und irgendwer musste sich schließlich um alles kümmern. Das ist unter Nachbarn eben so.

Manfred C. Schmidt

KIRSCHEN AUS NACHBARS GARTEN

Martin und Wolf konnten schon lange nicht mehr miteinander.

Dabei waren sie alte Schulfreunde gewesen. Lange Zeit unzertrennlich. Zur Blütezeit ihrer Freundschaft spielten sie gemeinsam im Emder Fußballverein Spiel und Sport. SuS Emden teilte sich damals mit dem zweiten Sportverein Stern Emden die Sportanlage. Darunter gab es auch einen alten Zinnerplatz, einen Aschenplatz.

Hier stürmten sie auch noch, als sie ihre Ausbildung bei den Rheinstahl-Nordsee-Werken, später Thyssen, begannen. Die Lehrstelle bekamen sie durch Fürsprache des Vereinsvorsitzenden, der beide an den Verein binden wollte. Der hatte seine Finger überall drin, also auch bei der Vorstandsetage der Werft. Martin und Wolf machten vieles gemeinsam, bis der Bund sie auseinander riss.

Martin leistete seinen Zivildienst als Vogelschützer auf einer ostfriesischen Insel ab, während Wolf beim Bund mit dem Panzer durch die Heide tobte. Beide entfernten sich etwas in ihren Weltanschauungen; während Wolf seinen Freund Martin als Pisspottschwenker titulierte, frotzelte Martin über den herausragenden Umweltbeitrag der spritfressenden und zerstörerischen Kettenfahrzeuge, die Wolf als Panzergrenadier bewegte. Zu dieser Zeit verstanden sie sich trotzdem noch recht gut.

Das änderte sich bei einem Treffen auf dem Balthasarfest in Esens, wo Martin inzwischen wohnte. Hier gab es erste Risse in ihrer Freundschaft. Martin lud zu diesem Stadtfest Wolf ein, der sich nicht lange bitten ließ. Wolf, gut beim Bund trainiert, nahm am Freitagabend bereits am Stadtlauf über zehn Kilometer teil. Das Teilnehmerfeld startete am Tidebrunnen pünktlich um 19.30 Uhr und absolvierte drei Runden durch das Stadtzentrum, wobei es von den zahlreichen Zuschauern frenetisch angefeuert wurde. Auch Martin klatschte begeistert, sobald sein Freund seinen Standort passierte. Der Sprecher des Organisationsteams bemühte sich, Informationen über möglichst viele Sportler an die umstehenden Zuschauer weiterzugeben; ob es nun der zum 16. Mal mitlaufende Esenser Zahnarzt war, der verkleidete Superman oder der älteste Teilnehmer, zu vielen Läufern hatte er eine kleine Bemerkung parat: »… mit der Startnummer 555 läuft an uns Wolf Hardinga vorbei, der für die Bundeswehr startet, knapp dahinter Thomas Braje von der Laufgemeinschaft Harlingerland …«

Frisch geduscht traf Wolf Martin etwas später am Bierstand auf dem Kirchplatz. Hier hatten sie sich verabredet.

»Das ist Heike«, stellte Martin seine schöne Begleiterin vor.

»Hallo! Wolf! Also, ich heiße Wolf.« Seine Augen glänzten.

»Moin!«, sagte Heike lächelnd.

Natürlich wurde es ein feuchtfröhlicher Abend, der sich aber etwas anders entwickelte, als Martin das gedacht hatte. Wolf verschwand nämlich zu vorgerückter Stunde mit Heike, als Martin von der Toilette zurückkam. Martin war wütend, verfluchte Wolf und ertränkte seinen Kummer mit etlichen Gläsern Bier.

Dennoch gelang es ihm am nächsten Tag, sich rechtzeitig zum Ausschank des Freibieres am Junker-Balthasar-Brunnen einzufinden. Der Bürgermeister, im Brotberuf Polizist, hielt um 11 Uhr seine traditionelle Ansprache zur Eröffnung des Festes und des Marktfriedens: » ... Wehe denjenigen, die dem Trunke frönen, lauthals die nächtliche Ruhe stören. Sich fremden Eigentums bemächtigen oder zerstören. Auf sie wartet das Verlies, auch Zelle genannt. Merkt euch, ich habe sehr gute Kontakte zu den Wächtern der Stadt!«

Wolf saß wahrscheinlich im Knast, mutmaßte Martin: Dem Trunke verfallen, lauthals die Ruhe gestört und sich fremden »Eigentums«, nämlich »seiner« Heike bemächtigt. Wolf und Heike tauchten nicht mehr auf. Martin goss das Bier hinunter und schlurfte gegen Mittag nach Hause.

Seit diesem Stadtfest waren Wolf und Heike ein Paar. Martin lernte Moni kennen, die bald in seine kleine Wohnung einzog. Martin arbeitete in den folgenden Jahren nach einem Besuch der Fachoberschule und einem Studium an der FH in Wilhelmshaven, während Wolf eine Anstellung bei der Emder Werft bekam. Sie verloren sich aus den Augen.

Doch der Zufall führte sie wieder zusammen. Martin und Moni kauften im Neubaugebiet der Stadt Esens einen Bauplatz. Zwei Plätze standen noch zur Auswahl und nach kurzer Überlegung hatten sie sich entschieden. Die Bauarbeiten gingen zügig voran.

Es war an einem verregneten Samstag, an dem Moni und Martin Bauschutt und Gerümpel zur Seite räumten.

»Hallo! Sagt bloß, dass ihr unsere zukünftigen Nachbarn seid!« Wolf und Heike standen urplötzlich auf der geschotterten Auffahrt. Sie wollten den letzten Bauplatz der Gemeinde inspizieren und kaufen, den Bauplatz, der genau nebenan lag.

»Wenn das kein Zufall ist!« Wolf schüttelte Moni und Martin kräftig die Hand. »Na, denn, auf gute Nachbarschaft. Ihr seid ja wohl etwas weiter als wir. Ihr habt bald Richtfest, oder?«

»Ja, nächste Woche«, entgegnete Moni und bevor Martin eingreifen konnte – er hatte fortwährend nur Heikes dicken Bauch angestarrt – lud Moni die neuen Nachbarn zum Richtfest ein.

Eine Woche später saß die gesamte Straßengemeinschaft in dem zugigen Rohbau. Zu essen gab es reichlich und der Alkohol floss ebenfalls in Strömen. Natürlich verspätet, aber damit umso wirkungsvoller, traten Wolf und Heike auf, begrüßten alle zukünftigen Nachbarn und hielten Martin einen kleinen Baum entgegen.

»Eine Kirsche«, meinte Wolf. »Die setzen wir genau auf die Grundstücksgrenze, der alten Freundschaft wegen.« Martin nickte nur stumm. Gesagt, getan. Am folgenden Tag hoben sie gemeinsam ein Loch aus, setzten den Baum ein, schaufelten die Erde wieder drauf und wässerten ausgiebig.

»Ein Supergeschenk«, meinte Wolf grinsend, »wenn der Früchte trägt, dann haben wir auch etwas davon.«

»Ja, toll«, erwiderte Martin. Dennoch sorgte dieser Anlass dafür, dass sie sich zunächst wieder etwas näher kamen. Nicht so wie früher, nein, aber doch wieder freundschaftlicher, bis Martin und Moni Jahre später ihrerseits ein Geschenk mitbrachten, ein fatales Geschenk.

Der Kirschbaum war mittlerweile zu einem stämmigen Baum gewachsen und erfreute jeden Betrachter mit seiner gewaltigen Blütenpracht. Die Früchte ernteten beide Nachbarn gleichmäßig, jeder auf seiner Grundstücksseite. Dazu kauften sowohl Martin als auch Wolf eine lange, mehrteilige Leiter.

Dann luden Wolf und Heike zur Hölzernen Hochzeit ein. Martin und Moni brachten dazu das bereits erwähnte Geschenk mit.

»Was ist das?« Erwartungsvoll nahm Heike das Paket in die Hand, nachdem sie die lange Stange mit der Spitze Wolf in die Hand gedrückt hatte. Vorsichtig öffnete sie das blau gestreifte Papier. Eine blecherne Figur mit ausgebreiteten Flügeln, einem seitlich geneigten Kopf, dessen Haarsträhnen in Wellen, wie vom Sturm verzerrt, nach hinten fielen, kam zum Vorschein.

»Eine Windsbraut«, erklärte Moni. »Wir haben lange nach einem passenden Geschenk gesucht. Passend zum ostfriesischen Wetter: ein Windspiel.«

Sie nahm Wolf die Stange aus der Hand. »Wenn du dieses Teil in die Erde steckst – hier ist noch ein extra Anker, siehst du? Also, wenn du das so in die Erde steckst ...«, Moni trat auf den Halbbogen am unteren Teil der Stange, »... dann sitzt es so stabil und fest, dass du die Figur, die Windsbraut, mit der Hülse auf die Spitze der Stange stecken kannst.«

Im Nu baute Moni die Figur zusammen. Nun gab sie ihr an den Flügeln etwas Schwung. Die Windsbraut drehte sich leicht laufend und geräuschlos.

»Oh, klasse!«, rief Heike begeistert. »Wir suchen gleich einen Platz zum Aufstellen!« Sie öffnete die Tür zur Veranda, schlüpfte in die Holzklompen und steckte den Metallstab mitten in den Rasen!

»Nein, Schatz! Nicht dorthin! Das Ding wäre beim Rasenmähen immer im Weg«, monierte Wolf.

»Dann hierhin, unter den Kirschbaum«, sagte Heike.

Wolf zog den Stab heraus und donnerte ihn fest in das Beet direkt unter den Baum und drückte mit dem Fuß noch einmal kräftig nach. Er trat nun einen Schritt zurück, sodass Heike die Windsbraut mit der Hülse passgenau auf die Eisenspitze setzen konnte.

Die Tage vergingen. Es wurde Herbst, dann meldeten sich die Frühjahrsboten, die Tage wurden länger, der Winter lag in den letzten Zügen. Heike hatte einen Heidenspaß an dem Windspiel. Das Wetter zerrte am Material, die salzige Luft und der Regen taten ein Übriges. Erste Rostflecke blühten auf. Bei jeder Drehung quietschte die rostige Spitze in der ebenfalls oxidierten Hülse. Wolf weigerte sich, sie zu fetten. Manchmal benahm er sich störrisch wie ein Esel. Er ließ es erbarmungslos quietschen. Natürlich störte das die Nachbarn, fast jeden Tag, denn fast jeden Tag weht in Ostfriesland schließlich ein Wind, der ausreicht, solch eine Figur anzutreiben. Es wurde zur Folter und es ging schließlich irgendwann ums Prinzip.

Martin Eilers forderte Wolf im Namen der angrenzenden Nachbarn eines Tages in barschem Ton auf, die Figur woanders zu platzieren oder ganz abzubauen. Wolf entgegnete unversöhnlich, sie würden selber entscheiden, wo sie was in ihrem Garten aufstellten. Außerdem wäre es ja ein Geschenk der Nachbarn und seiner Meinung nach liefe die Windsbraut so leise, dass es niemanden stören könnte.

»Windsbraut, ha«, höhnte Martin, »Windsbraut, dass ich nicht lache! Und du bist wohl der Windminister, was? Oder besser, der Windbeutel, ha! Windbüdel, hest mien Hund woll seen, was man 'n lüttje, aber was doch een!« Abrupt drehte er sich um, ließ Wolf stehen und ging ins Haus.

Wolf schüttelte nur den Kopf, wedelte mit der flachen Hand vor dem Gesicht, um er dem Nachbarn zu bedeuten, dass er meschugge sei!

»Hast du noch mehr solcher sinnloser Sprüche, du Gernegroß?«

Aber Martin schien das nicht mehr zu hören.

Ein tiefer Bruch tat sich auf, der sich noch verbreitete, als er tags drauf einen Brief von Wolf im Briefkasten fand, der Martin in der dritten Person aufforderte, binnen einer Woche die Beleidigung »Windminister« und »Windbüdel« schriftlich zurückzunehmen. Ansonsten würde er die Angelegenheit seinem Anwalt übergeben.

Martin war baff. Moni versuchte ihn zu bewegen, sich wenigstens mündlich bei Wolf zu entschuldigen, aber da biss sie bei Martin auf Granit.

»Der hat doch gar nichts in der Hand! Keine Zeugen! Nichts, niente, nothing, keen Stück! Da steht Aussage gegen Aussage! Außerdem hat er mich selber beleidigt. Hat mit der Hand vor seiner Stirn herumgefuchtelt. So!« Martin machte es Moni vor. »Hab ich genau gesehen! Im Wohnzimmerfenster. Das spiegelte!«

Von nun an herrschte Kleinkrieg. Jede vermeintliche Verfehlung der beiden Nachbarn, jede Kleinigkeit wurde zur Anzeige gebracht. Der Schiedsmann der Gemeinde versuchte vergeblich, die Streithähne zu versöhnen.

Zum Eklat kam es letztendlich zur Zeit der Kirschernte. Unversöhnlich brüllten sich die Exfreunde an und bezichtigten einander, sie hätten Kirschen auf der falschen Seite gepflückt. Die Ehefrauen konnten gerade noch eine körperliche Auseinandersetzung der beiden verhindern.

»Wahrscheinlich will der heute Nacht oder morgen früh den Rest noch abpflücken. Sieh mal, der stellt jetzt schon seine lange Leiter auf. Eine Unverschämtheit ist das, eine bo-den-lo-se Un-ver-schämt-heit!« Martin ereiferte sich derart, dass Moni Angst hatte, er könnte einen Herzinfarkt bekommen.

»Reg dich doch nicht so auf! Wegen der paar Kirschen!«

»Wegen der paar Kirschen! Darum geht's nicht! Darum geht es gar nicht!« Martin war in Rage und seine Ehefrau wusste, dass in den nächsten Stunden nicht mit ihm zu reden sein würde. »Dem werde ich es zeigen! Mit mir nicht! Nicht mit Martin Eilers«, murmelte er laut vor sich her. »Als Erstes werde ich meine Leiter auch an den Baum stellen! Dann wollen wir doch einmal sehen, wer morgen früh zuerst darin ist«, rief er Moni zu. Martin wuchtete seine Leiter in den Baum. Sie stand nun im gleichen Winkel wie die des Nachbarn, nur an einen anderen Ast gelehnt.

Martin wartete die Dunkelheit ab. Vorsichtig und leise stieg er mit einer Astsäge bewaffnet an dem Baum hoch. Doch kaum hatte er sie angesetzt, gab der Ast, an dem seine Leiter lehnte, nach. Im Fallen sah Martin den frischen Sägeschnitt. Wolf, der Schweinehund, war ihm zuvorgekommen.

Am nächsten Morgen klingelte die Polizei die Nachbarn aus dem Schlaf.

»Heute Nacht ist Martin Eilers aus dem Kirschbaum gefallen und hat sich so schwere Verletzungen zugezogen, dass er auf dem Weg ins Krankenhaus verstarb. Können Sie uns dazu vielleicht irgendwelche Hinweise geben?« Der Kripobeamte hatte sich als Kommissar Czerlikowski vorgestellt und schrieb alle Angaben auf einen kleinen, linierten Block.

»… so um 3.30 Uhr musste ich zum Klo. Ich muss nachts oft raus, wissen Sie«. Czerlikowski befürchtete nun ausführliche Beschreibungen der männlichen Blasenschwäche, aber der alte Franz Franzen kam schnell auf den Punkt zurück. »Als ich spülte, hörte ich so ein metallisches Scheppern …«

»… so, als ob eine Leiter umfällt?«, fragte Czerlikowski nach.

»… ja, so ungefähr, aber eine schwere, große Leiter muss das schon gewesen sein!« Franzen blickte in die Luft, als würde er überlegen. »Ich hab aus dem Fenster geschaut, aber nichts gesehen. Und dann hab ich mich wieder hingelegt, ich wollte früh aufstehen heute.«

›Präsenile Bettflucht‹, dachte Czerlikowski, wurde dann aber eines Besseren belehrt. Der Alte wollte zu Aldi, um Gartenzaunlasur zu holen. Die gäbe es im Angebot.

Hauptkommissar Kerkhoff hatte inzwischen die Nachbarn auf der anderen Straßenseite befragt, aber keiner konnte konkrete Angaben zum Unglücksfall machen.

»Tja, wahrscheinlich ist der Ast abgebrochen und die Leiter ist dann wohl umgekippt«, überlegte Kerkhoff, der sich mit dem Kollegen unter dem Kirschbaum traf. »Nimm doch mal das quietschende Ding da ab. Das ist ja nicht zum Aushalten.«

Czerlikowski nahm das Oberteil der Windsbraut ab und legte es auf einen Gartenstuhl.

»Die Stange mit der Spitze auch weg?«, fragte Czerlikowski.

»Die quietscht doch nicht, oder?« Manchmal wunderte sich Kerkhoff über die blöden Fragen seines Kollegen.

»Ich guck mir das mal eben von oben an, aber eigentlich können wir wohl von einem tödlichen Unfall ausgehen!« Da er wusste, dass Czerlikowski sich nur ungern in höhere Regionen begab, angebliche Akrophobie, wurde er selber aktiv.

»Ich nehme mir mal Ihre Leiter«, sagte der Polizist zu Wolf, der soeben aus der Tür trat.

»Wenn's sein muss!«, meinte der unbeteiligt, bekam aber doch einen großen Schreck. Wenn der Beamte nun die frische Sägestelle entdecken würde …

Kerkhoff setzte den Fuß auf die unterste Sprosse und stieg hoch. Auf der Hälfte der Leiter klingelte plötzlich sein Handy. Er fummelte umständlich das Telefon aus der Tasche. »Nina, was gibt's? Ich bin grad im Einsatz! …Wie, ich muss kommen? Das geht jetzt nicht. Ich kann doch nicht einfach einen Einsatz abbrech… Wasser? Durch die Decke?«

Eilig kletterte er die Leiter wieder hinunter und sagte zu Czerlikowski: »Komm mit! Wasserrohrbruch! Ich muss sofort nach Hause! Schreib du schon mal den Bericht im Büro! Ich komm nachher noch einmal wieder her.«

Czerlikowski nickte nur.

Als die Kripobeamten mit quietschenden Reifen abfuhren, wischte sich Wolf die Schweißperlen von der Stirn. Er musste in den Baum, um die Spuren zu beseitigen.

»Kaffee ist fertig«, sagte Heike. »Komm erst mal rein, du bist ja ganz durchgeschwitzt. Hätte nicht gedacht, dass dich das so mitnimmt, nach eurem gestrigen Streit!«

Widerwillig ließ sich Wolf mit in die Küche ziehen.

»Den verdammten Baum werde ich umsägen. Er hat meinen besten Freund umgebracht! Kleinhacken werde ich den, klitzeklein, so klein!!« Scheinheilig zeigte Wolf mit Daumen und Zeigefinger das Schicksal der Kirsche an. »Da soll keiner mehr herausfallen, das schwöre ich.«

»Ja, gleich nach dem Frühstück, aber nun komm erst mal!« Heike ließ nicht locker.

Eine dreiviertel Stunde später kletterte Wolf in den Kirschbaum und sägte zunächst die Krone ab, die rauschend zu Boden fiel.

Dann kürzte er den Baum bis zu der Stelle, wo er den Ast angesägt hatte. Auch das Teil fiel zu Boden.

»Das wäre geschafft!« Die Beweise waren vernichtet, jetzt konnte der vorwitzige Polizist kommen; nichts würde er finden, gar nichts! Und Wolf würde sich herausreden, dass er es nur gut gemeint hätte, damit sich niemand mehr aus dem Baum stürzen könnte, wenn der erst einmal ganz umgelegt war. Keiner könnte ihm nachweisen, dass er vorsätzlich Beweise beseitigt hätte.

Wolf setzte die Säge wieder an.

»Was machen Sie denn da?« Das Gebrüll des Kommissars war bis zum Eingang der Siedlung zu hören. Vor Schreck fiel Wolf die Säge aus der Hand; vergeblich versuchte er sein Gleichgewicht zu halten. Dann fiel auch er.

»Noch ein Unglücksfall«, konstatierte Hauptkommissar Kerkhoff, als der Notarzt eintraf. »Und so viel Pech dabei. Entsetzlich, dass der gute Mann auch noch ausgerechnet von der Stange der Windsbraut aufgespießt wurde!«

Regine Kölpin

Magdas neues Leben

Als Magda Frömmlich das 74. Lebensjahr vollendet hatte, beschloss sie, ihrem Leben eine Wende zu geben.

Ihren Mann hatte sie erst vor ein paar Wochen unter die Erde gebracht und jetzt genoss sie den täglichen Spaziergang zu seinem Grab, wie sie sonst noch nie etwas in ihrem Leben genossen hatte. Es war das Alleinsein, das Gefühl, endlich tun zu können, was sie wollte. Und es waren die frische Luft, die herrlich ruhige Atmosphäre des Friedhofes, die ihr immer wieder ein Lächeln auf das Gesicht zauberte.

Besonders schön fand sie ihre Besuche, wenn wieder mal eine Beerdigung stattfand. Schmückten doch dann wieder frische und bunte Blumen das neue Grab. Sogar jetzt, im November, blühten rosa Moosröschen neben weißen und gelben Gerbera. Eine wahre Pracht!

Ihr erster morgendlicher Gang führte sie zum Postkasten, wo sie die Tageszeitung entnahm, um die Todesanzeigen zu studieren. Nach einem mageren Frühstück kleidete sie sich standesgemäß in Schwarz, um in der Beerdigungsgesellschaft nicht aufzufallen. Zunächst besuchte sie nur die Beisetzungen in ihrem Stadtteil, aber dann starben ihr doch eindeutig zu wenige Leute und sie dehnte ihre Besuche auch auf die nahe gelegenen Bezirke aus. Kritisch wurde es immer dann, wenn die Beerdigungsgesellschaft nur klein und sehr intim war. Aber ein freundliches Murmeln wie:

»Wir kennen uns von früher«, zauberte stets ein wohlwollendes Lächeln über die Anteilnahme auf die Gesichter der Trauergemeinde.

Da Magda in der Regel recht früh auf den Beinen war und die Termine gut im Kopf hatte, gelang es ihr meist, die Grabstellen mit dem typisch ausgehobenen Viereck auszukundschaften, bevor die Zeremonien begannen. Leere Gräber hatten für Magda ihren besonderen Reiz. Es war fast so als hielte man eine Flasche Wein ohne Etikett in der Hand und wusste noch nicht, welcher Geschmack einen erwartete. Vom Inhalt wusste sie nur ob rot oder weiß. Vom Grab nur, ob Frau oder Mann.

Den Kopf hin und her wiegend schätzte sie ab, ob sie sich für diese Grabstelle entschieden oder vielleicht doch den Ort drei Gräber weiter links vorgezogen hätte. Dann wettete mit sich selbst, ob der Sarg für die Grube ein Modell aus heller Eiche oder die teure Mahagoni-Variante sein würde.

Hin und wieder konnte sie an der Art der Inserate schon einen leichten Trend erkennen: Große und pompöse Anzeigen waren eher ein Hinweis auf eine protzige Zeremonie mit teurem Sarg und Beschlägen. Eben auch im Tod noch zeigen, was man hatte. Klein und unscheinbar, womöglich noch mit dem weisen Spruch eines Dichters, zeigte in der Regel auch die Armseligkeit, die man dann vom Poeten direkt auf den Verstorbenen übertragen konnte, lebten doch viele der Schriftsteller auch nicht gerade auf der Sonnenseite des Lebens. Zum Abschluss ihrer Inspektion stocherte sie mit der Fußspitze in dem Erdhügel seitlich des Grabes. Es waren die besonderen Glückstage, wenn sie den einen oder anderen Knochenrest des Vorgängers fand und lässig beiseite kicken konnte.

Magda Frömmlich liebte ihr neues Leben, das sich nun

so ganz auf den Friedhöfen der Stadt abspielte und ihr das Gefühl bescherte, sich in absehbarer Zeit hier vielleicht nicht mehr ganz so fremd zu fühlen. Mit fast achtzig Jahren war die Zeitspanne des irdischen Daseins ja zumindest schon begrenzt.

Nachdem der ehemalige Bürgermeister mit Pomp und Prunk in die Erde eingelassen worden war, natürlich von einer Horde zylindergeschmückter, schwarz gekleideter und ernst aussehender Herren, beschloss Magda, dass sie sich dringend mit einem gewissen finanziellen Zubrot zu beschäftigen hatte.

Bei näherer Betrachtung ihrer Situation stellte sie nämlich fest, dass die Beisetzung ihres Mannes doch eher kläglicher Natur gewesen und für ihr eigenes Ableben einfach nicht akzeptabel war. Sie hatte zu viele Vergleiche, sie wollte das Niveau der Beerdigung des alten Bürgermeisters. So viel wie ein ausgedienter Politiker mit all seinem Dreck am Stecken war sie allemal wert.

Doch das würde, wenn sie ihre Lebenssituation betrachtete und alle Umstände ins Kalkül zog, ein schwieriges Unterfangen werden. Beginnend mit der mangelnden Masse an Verwandtschaft. Kinder waren ihnen verwehrt geblieben, Neffen und Nichten eher rar und in alle Welt verstreut. Es gab keinen, der wirklich Interesse an einem schönen Grab mit einer protzigen Feier für sie gehabt hätte. Freunde waren auch nicht mehr allzu viele da. Ab einem gewissen Alter reduzierten sie sich beinahe wöchentlich.

Und dann stellte sich schließlich das Problem mit den Sargträgern. Die des Bürgermeisters waren Magda Frömmlich entschieden zu alt. Sie wollte jüngere haben. Etwa um die dreißig. Aber auch nicht jünger, sonst konnten sie den Ernst der Lage nach ihrem Tod womöglich nicht richtig einschätzen. Magda Frömmlich sorgte sich nämlich darum, ob die jungen Burschen in der Lage waren, ihrem Gesicht die richtige Mimik zu verleihen. Das beherrschten die Älteren einfach sehr gut. Betreten distanziert blickende Sargträger gaben einer Beisetzung erst das richtige Flair.

Nach all den Monaten hatte sie wirklich einen großen Erfahrungsschatz, mit dem nicht einmal die noch lebenden Frauen aus dem Handarbeitskreis aufwarten konnten. Es war eine Art gesellschaftlicher Höhepunkt, wenn sich wieder eine aus ihren Reihen verabschiedete und die Prosecco-Flaschen zum Leichenschmaus geknackt wurden. »Auf Maria! Auf Erna! Auf Lise!« Und so weiter. Es gab Monate, da wurde es richtig teuer, und der Kreis schmolz zusehends. Magda kümmerte das nicht besonders, sondern meinte, dass es bei ihr einfach anders laufen müsse.

In ihrer Ehe war einzig Magdas Gatte für die Finanzen zuständig gewesen, sie wusste gerade, wie sie ein Überweisungsformular auszufüllen hatte. Von daher waren ihre Vorstellungen, wie sie in ihrer noch kurzen verbleibenden Lebenszeit an viel Geld und Status kommen sollte, recht vage.

Magda begann damit, die Erdhügel neben den Gräbern gezielter zu durchforsten. Als sie schließlich neben Knöchelresten auch einen goldenen Ehering fand, war sie guten Mutes, ihr Leben wirklich stilvoll zu Ende bringen zu können. Dieser Ring war ein Zeichen. »Mit 84 Jahren, da fängt das Leben an, mit 84 Jahren, da hat man Spaß daran ...«, dichtete sie das alte Udo-Jürgens-Lied um und ließ den Ring in der Sonne funkeln.

Nur so richtig ging es dann bei ihr auch nicht weiter. Sie hatte einfach keine Idee, litt zunehmend an mangelnder Motivation, etwas zu unternehmen. Nicht einmal die Beisetzung ihrer noch nicht so betagten Nachbarin, die sicherlich gute Inspirationen gebracht hätte, konnte sie aufmuntern.

Dafür krochen böse Gedanken durch ihren Kopf, nisteten sich in ihren Gehirnwindungen ein und ließen sie erstarren vor dem Krimi, der sich dort abspielte. Sie sah sich als Giftmörderin in der hohen Gesellschaft, ertappte sich bei der Planung eines Heiratschwindels und sah sich mit einer Strumpfmaske und einer Knarre vor der Bank gegenüber stehen. Wilde Fantasien jagten ihr durch den Kopf, eine schlimmer als die andere.

Und mit jeder wurde ihr klarer, dass sie nichts von all dem tun konnte, ja, dass ihr Leben wohl ähnlich arm und einsam enden würde wie das ihrer Freundinnen.

Als sie eines Abends mit trüben Gedanken von einer Beerdigung am anderen Ende der Stadt kam, hörte sie einen Hilfeschrei. Magda Frömmlich war nie eine Heldin gewesen und auch jetzt war ihr erster Gedanke zu fliehen. Noch hatte sie ihr größtes Problem nicht gelöst, noch konnte sie diese Welt nicht verlassen. Und wo jemand um Hilfe schrie, war Gefahr im Verzug.

Sie zog sich ihren schwarzen Schal über die Ohren und stapfte los. Geradewegs auf die Hilfeschreie zu. Dann stand sie vor dem großen See im Park und erkannte nach oben gereckte Arme, die wild auf das spiegelglatte Wasser schlugen.

Magda schüttelte den Kopf. Das Wasser war doch flach, warum kam dieser Mensch nicht einfach heraus? Magda war wirklich keine Heldin, aber Dummheit war ihr ein Graus. Sie schlüpfte aus ihren Schuhen und durchpflügte mit ihren Massen die Wasseroberfläche, die sich hinter ihr mit leisem Klatschen wieder schloss. Magda griff nach dem Hemdkragen des vermeintlich Ertrinkenden, zog ihn heraus und versetzte ihm an Land eine kräftige Ohrfeige. Der

Junge strahlte sie an. Das habe noch nie jemand mit ihm gemacht. Ob sie das bitte noch einmal wiederholen könne.

Magda Frömmlich glaubte, nicht richtig zu hören. Sie rieb sich noch immer die geschundene Hand.

Er sei extra so tief ins Wasser gegangen, erzählte der Junge, noch ehe Magda ihn fragen konnte. Weil er endlich einmal gerettet werden wollte. So wie es die Leute in seiner Lieblingsserie taten, die immer wen aus dem Wasser zogen. Zugegeben, er hätte sich eine jüngere Retterin gewünscht, aber man dürfe in solchen Situationen nicht wählerisch sein. Natürlich stünde ihr ein Retterlohn zu, keine Frage. Er schleppte Magda Frömmlich mit nach Hause, stellte sie seinem Vater vor und der war so glücklich über die Rettung, dass er Magda einen Hundert-Euro-Schein in die Hand drückte. Magda knetete ihn hin und her, erfreute sich an dem viel versprechenden Knistern und beschloss ihre Zeit nun nicht mehr nur auf dem Friedhof zu verbringen. Das Leben wartete draußen noch auf sie.

Sie winkte den Jungen herbei, fragte ihn nach seinem Namen. Er heiße Heini, sagte der Junge und Magda fand, er sehe auch so aus. Sie flüsterte Heini etwas ins Ohr, das sofort eine erst blasse, dann aber tiefere Röte bekam. Er nickte, als Magda sich von ihm verabschiedete und aus seiner Faust lugte das Grün-Blau eines Fünf-Euro-Scheins.

Das Geschäft lief prima. Schon bald galt Magda Frömmlich als die Mutter Teresa der Stadt. Sie war glücklicherweise überall dort zugegen, wo ein junger Mensch ins Unglück geriet. Sie rettete Kinder aus dem See, von Bäumen, und klebte Pflaster über Wunden auf Spielplätzen. Jedes Mal steckten die überglücklichen Eltern ihr etwas zu, einen Anteil davon bekam Heini, der es mit einer Engelsgeduld in jeder Hinsicht schaffte, seine Freunde in missliche, aber nie ausweglose Situationen zu bringen.

Eines Tages grub Magda Frömmlich einen Jungen aus einer unglücklicherweise zusammengefallenen Sandburg aus. Das war eine knappe Kiste, mit Sand ist nicht zu spaßen. Magda schleppte den unglücklichen Spross zu seinen Eltern und wie es der Zufall wollte, handelte es sich bei dem kleinen Jungen um den Sohn des Bestatters. Dessen alter Herr war seit drei Jahren verwitwet. Schon bald betrachtete er Magda als seine Zukünftige, mit der er noch ein paar nette Restjahre verbringen konnte. Magdas Vermögen war durch ihre Mutter-Teresa-Aktionen zwar schon beträchtlich in die Höhe geschnellt, aber die Ehefrau des Seniorbestatters zu werden, war einfach das Beste, was ihr passieren konnte. Sie zahlte Heini eine größere Summe als Abfindung und er überlegte, sich jetzt auf dem Gebiet selbstständig zu machen. Ohne Groll verließ er Magda, die ihre Freizeit nunmehr gern in den Arbeitsräumen des Bestatters verbrachte und die verschieden Interieurs der Särge betrachtete.

Es dauerte, trotz der nun günstigen Umstände, jedoch nicht lange, bis Magda sich langweilte. Sowohl bei ihren Besuchen von Beerdigungen als auch in der Mutter Teresa Company hatte ihr Leben einen gewissen Kick gehabt. Nun saß sie herum und wartete eigentlich nur noch auf ihr Ableben, was sicher, wie geträumt, sehr pompös vonstattengehen würde, bei dem gesellschaftlichen Stand, den sie jetzt hatte.

Und so beschloss sie an einem Nachmittag, an dem alle, bis auf ihren Angetrauten, ausgeflogen waren, eine Art interne Mutter Teresa zu spielen. Es könnte schiefgehen, das wusste sie. Aber wie sagt man so schön: »No risk no fun …«

Sie stellte die Leiter ans Dach, kletterte hinauf, setzte sich an den Rand und stieß die Leiter weg. Dann rief sie nach ihrem Mann. Der war nun nicht mehr so gut zu Fuß und es dauerte eine Weile, bis er die Leiter wieder an die Dachrinne gestellt hatte. Was sie da mache, fragte er kopfschüttelnd. Magda drückte ein paar Tränen hervor, antwortete aber nicht. Schwer atmend kletterte ihr Gatte Sprosse für Sprosse herauf. Eigentlich hatte Magda nun geplant, der Leiter einen kleinen Stoß zu verpassen, sie im rechten Augenblick festzuhalten und dann wieder die kühne Retterin zu sein, aber es kam anders.

Sie stieß zwar die Leiter um, bekam sie auch am oberen Ende noch zu fassen, aber sie hatte das Gewicht ihres Mannes unterschätzt. Von der Schwerkraft angezogen, wurde sie vom Dach gerissen und beide stürzten in die Tiefe. Erst plumpste der Alte ins hohe Gras, kurz darauf lag Magda auf ihm. Er atmete nicht mehr, ein letztes lautes Grunzen verließ seine Brust. Magda hörte noch die Amsel. Sie sang laut. Ihr letzter barmherziger Einsatz war zwar gescheitert, aber am Ende hatte sich doch alles gelohnt. Der Frühling kam und sie würde ihr Begräbnis bekommen. Groß, pompös und in doppelter Ausfertigung.

Sie lächelte kurz, bevor sie ihre Augen für immer schloss.

Christiane Franke

IN ALLER STILLE

Der Wind ließ die schon kahlen Zweige der Pappeln und Kastanien nicken, als würden auch sie einen letzten Gruß herabschicken zu dem Grab, in das gerade der Sarg gesenkt wurde.

Klara Meinert wischte sich verstohlen eine Träne aus dem Gesicht. Wieder hatte sie eine ihrer alten Kundinnen aus der *Engel-Apotheke* auf deren letzten Gang begleitet. Sie häuften sich, die Beerdigungen; die Riege der Älteren lichtete sich. Klara zog ein Spitzentaschentuch aus der Manteltasche und putzte sich die Nase, dann trat sie auf die Hinterbliebenen zu. Sohn und Schwiegertochter der Verstorbenen machten einen gefassten Eindruck, auch wenn der Tod der alten Frau plötzlich gekommen war. Doch mit zweiundachtzig musste man mit dem Sterben rechnen.

»Danke, dass Sie gekommen sind«, sagte Renate Wendelin. »Meine Schwiegermutter hat uns oft von Ihnen erzählt. Sie wären der Engel der *Engel-Apotheke*, hat sie immer gesagt.«

»Ach was«, wehrte Klara ab, »das ist schon lange her. Inzwischen bin ich schon seit gut zehn Jahren nicht mehr in der Apotheke tätig.«

»Aber trotzdem gehen Sie jeden Tag hin, haben für alle ein offenes Ohr«, beharrte Frau Wendelin. »Sie glauben ja gar nicht, wie wichtig das für die alten Menschen ist.« Sie drückte Klaras Hand besonders fest. »Für meine Schwiegermutter waren Sie wichtig.«

»Danke«, sagte Klara und verabschiedete sich. Nein, zu der Kaffeetafel könne sie leider nicht mitkommen.

Sie schritt den aus Muschelsplittern bestehenden Weg entlang, vorbei an alten und neuen Grabsteinen und Gräbern, auf denen noch die welken Reste der Kränze lagen. Sie umrundete das backsteinrote Schiff der Kirche und ging über ausgetretene Steine auf das Portal des Friedhofes zu. Der Wind zerrte an ihr, als wolle er sie fortholen von diesem Ort. Als sei es für sie noch keine Zeit, hier zu verweilen.

Nein, dachte Klara, noch gehöre ich hier nicht her, noch gibt es eine Menge zu tun. Etwas zügiger betrat sie den von Läden gesäumten Kirchplatz, dessen Geschäftigkeit einen harten Bruch zu der Stille des Friedhofes bildete, ihre festen Schritte hallten dumpf auf dem Kopfsteinpflaster.

»Wenigstens hatte sie einen schnellen Tod, das Leiden ist ihr erspart geblieben«, kommentierte Herr Jobst am nächsten Morgen das Ableben von Frau Wendelin.

Klara saß, wie jeden Morgen, an dem kleinen Tisch am Fenster der *Engel-Apotheke*, und Eugen Jobst hatte sich zu ihr gesetzt. Der pensionierte Kommissar war ein älterer, wenn auch noch sehr attraktiver Mann von Anfang achtzig. Sein dichtes Haar war weiß, und die sonnengegerbte Haut ließ drauf schließen, dass er viel Zeit im Freien verbrachte. Kein Typ, der oft krank war. Keiner von diesen anfälligen, wehleidigen Menschen, die im Alter Stammgast in den Arztpraxen waren.

Eugen Jobst stand fest im Leben, bewirtschaftete den Garten hinter seinem Haus allein und hatte Klara schon oft mit Gemüse und Obst versorgt, für dessen Anbau er ein goldenes Händchen hatte. Seit er in Pension war, hatte er den Gemüseanbau zu seinem Steckenpferd gemacht. Klara mochte Eugen. In der Apotheke traf sie ihn allerdings selten an. Da aber ihr Häuschen neben dem seinen lag, standen die beiden in regem nachbarschaftlichem Kontakt.

»Nein, gelitten hat Frau Wendelin nicht«, bestätigte Klara und griff zu der Karaffe Wasser, die auf dem Tisch stand. »Möchten Sie auch ein Glas?«

»Nein, danke, ich muss gleich noch nach den Kürbissen sehen. Die müssen dringend geerntet werden. Sind aber auch echte Prachtexemplare dieses Jahr. Ich gebe Ihnen einen ab, Frau Meinert. Vielleicht laden Sie mich wieder zu Ihrer leckeren Kürbissuppe ein?« Der alte Herr lächelte verschmitzt.

»Selbstverständlich. Sie sind mir immer willkommen, Herr Jobst«, nickte Klara. »Aber, verzeihen Sie meine Neugierde, sind Sie krank, oder weshalb sind Sie heute in der Apotheke?«

»Ach, das Herz«, antwortete Eugen Jobst leichthin. »Nichts Ernstes. Man muss ja auf sich achten, schließlich habe ich mir fest vorgenommen, meinen Neunzigsten groß zu feiern.« Er grinste. »Und Sie werden natürlich auch eingeladen. Falls Sie bis dahin noch leben.«

»Aber Herr Jobst«, entrüstete sich Klara, »immerhin bin ich um einiges jünger als Sie.«

»Wir werden es sehen«, schmunzelte ihr Gegenüber und erhob sich mit einer galanten Verbeugung.

Als er fort war, dachte Klara über Eugen nach. Er war wirklich attraktiv, und seine Annäherungsversuche hätten sie durchaus erreichen können, wenn nicht …

Klara war nur einmal in ihrem Leben der Liebe begegnet, wie sie es ausdrückte, personifiziert durch Doktor Otto Stratmann, ihren Chef und den Inhaber der *Engel-Apotheke*. Leider hatte Otto ihre zarten Hinweise nicht wahrgenommen, eine andere Frau geheiratet und mit ihr Kinder bekommen. Damals war Klara schüchtern gewesen, zu schüchtern, wie sie heute wusste. Sie hätte ihr Ziel energischer verfolgen müssen. Und sie hätte es sicher erreicht.

»Frau Meinert, kann ich Sie einen Moment stören?« Eine piepsige Stimme unterbrach sie in ihren Gedanken, und Klara erkannte Frau Schneider, die sich auf den noch warmen Stuhl von Eugen Jobst setzte. Nicht nur die Stimme, sondern auch das Äußere ließen bei Frau Schneider an einen Vogel denken, allerdings an einen hageren, verhärmten, keinen von den lebensfrohen, die man gern beim Spiel oder Flug beobachtete.

Frau Schneider war seit vier Jahren Witwe. Ihre drei Kinder wohnten nicht mehr in dem Städtchen, in dem jeder jeden kannte, und in dem nur diese eine Apotheke existierte. Hier gab es wenig Aussicht auf beruflichen Erfolg, und so waren die beiden Söhne und die Tochter nach Bremen, Stuttgart und Düsseldorf gegangen, hatten dort eigene Familien gegründet.

Frau Schneider war einer dieser Menschen, die mit dem Alter haderten. Das Alleinsein, die Einsamkeit machte ihnen zu schaffen. Soziale Kontakte wurden mit zunehmenden körperlichen Beschwerden knapper. Nicht wenige, die Klara kannte, wünschten sich den Tod wie einen guten Freund herbei.

»Könnten Sie sich diese Verordnung mal ansehen, Frau Meinert?« Frau Schneider reichte Klara einen Zettel hinüber. Im ersten Moment war Klara irritiert, als sie die rosafarbene Durchschrift sah. Wieder einer dieser Flüchtigkeitsfehler der Ärzte, dachte sie. Auf dem Original war offensichtlich etwas durchgestrichen und eine neue Zahl hinzugefügt worden, doch leider hatte man Frau Schneider die unübersichtliche Kopie gegeben.

»Ich weiß nicht genau, ob das so richtig ist«, zweifelte die alte Frau. »Ich soll nun zweimal täglich eine Tablette nehmen, wo der Arzt doch damals sagte, eine halbe Tablette pro Tag sei schon sehr viel. Was meinen Sie denn?«

Klara war zu einer Art Institution der Apotheke geworden, seit sie vor zehn Jahren in den Ruhestand gegangen war. Anfangs hatte sie nur aus alter Gewohnheit jeden Morgen die Apotheke aufgesucht, war mit diesem und jenem ins Gespräch gekommen und hatte sich an den kleinen Tisch gesetzt. Doch als sie merkte, dass die jungen Leute, die als Inhaber nachgerückt waren, nicht mehr so persönlich und einfühlsam mit den Kunden sprachen, wie sie es zu ihrer Zeit getan hatte, war sie geblieben. Jeden Tag. Von zehn bis zwölf. Von Inge Stratmann, Ottos Tochter und Nachfolgerin, geduldet.

Ich habe hier meine eigene kleine Praxis, dachte Klara. Die Menschen kommen zu mir, um mir von Geburten der Enkel oder Urenkel, Problemen mit den Bronchien oder anderen Sorgen zu berichten. Sie sind es gewohnt, mit mir über diese Dinge zu reden. Warum also soll ich nicht herkommen und ihnen diesen Dienst erweisen, wenn es sonst keinen gibt, der ihnen zuhört? Und da sie lange hinter dem Apothekentresen gestanden hatte, suchten die älteren Patienten oft auch ihren Rat. Genau wie Frau Wendelin. Oder Frau Wiesenkamp. Oder Herr Hinrichs. Auch Otto Stratmann hatte zu denen gehört, die Wert auf Klaras Meinung legten.

Inzwischen waren sie alle tot.

»Haben Sie den Arzt denn darauf einmal angesprochen?«, wollte Klara wissen.

»Ich habe angerufen. Ach, ich war ja so aufgeregt. Und dann hat der Doktor mir gesagt, er hätte sich nicht geirrt, er wisse schon, was er mache. Trotzdem ... ich bin so unsicher.«

Klara Meinert zögerte. Es handelte sich wirklich um ein starkes Medikament. Wenn der Arzt sich nun doch geirrt hatte? Die Folgen könnten tödlich sein.

»Wissen Sie was, Frau Schneider, ich erkundige mich mal. Nehmen Sie einfach erstmal die Tabletten so weiter wie bisher, und kommen Sie morgen zum Essen zu mir. Was halten Sie von Roter Grütze mit Vanillesoße als Nachtisch?«

»Sie sind ein Engel, Frau Meinert. Was würden wir nur alle tun, wenn Sie nicht wären?« Das verhärmte Gesicht beugte sich vor.

Mein Gott, und diese Nase, dachte Klara. Eine Nase wie ein Schnabel. Alles wie bei einem uralten müden Vogel.

»Wissen Sie, Frau Meinert, man wird so einsam im Alter. Die Kinder sind fort, kommen nur alle Jubeljahre mal und das auch nur aus Pflichtbewusstsein. Ich merke das. Schließlich bin ich zwar alt, aber nicht dumm. Was bietet das Leben einem denn noch? Das sonntägliche Teetrinken nach dem Gottesdienst, und dann: das Warten. Worauf, frage ich Sie. Worauf soll ich warten, es passiert ja doch nichts.« Frau Schneider holte tief Luft. »Wenn ich ehrlich sein soll, Frau Meinert, ich sage Ihnen, wenn der Tod draußen vor meiner Tür vorbeiginge, ich würde die Treppen hinunterrennen und ihm nachlaufen, damit er mich auch ja mitnimmt.«

»Ach, Frau Schneider«, Klara griff nach der zitternden Hand der alten Frau, »seien Sie doch nicht so traurig. Kommen Sie morgen erst einmal zu mir, und dann können wir so richtig ausführlich klönen. Und dazu gönnen wir uns eine schöne Rote Grütze.«

Frau Schneider lächelte dankbar und hielt Klaras Hand noch ein wenig fest. »Das ist sehr lieb von Ihnen, Frau Meinert. Ich komme gern.«

»Mmmh, lecker, die Kürbissuppe«, lobte Eugen Jobst und konzentrierte sich genüsslich auf den nächsten Löffel. »Noch dazu mit Krabben.« Er schlürfte genießerisch. »Einfach göttlich. Zum Sterben lecker.«

»Aber, aber Herr Jobst«, tadelte Klara, »für meinen Geschmack reden Sie in letzter Zeit zu viel vom Tod.«

Auch sie schob sich einen Löffel der orangegelben Suppe in den Mund. Sie saßen in Klaras Esszimmer, der Tisch war mit einer weißen Decke und Kerzen geschmückt. Als herbstliche Dekoration lagen Zierkürbisse und Kastanien auf bunten Eichenblättern, die hereinfallende Oktobersonne hüllte den Raum in goldenes Licht und aus dem Radio klangen die Töne eines Requiems.

»Ja, Frau Meinert, in letzter Zeit beschäftige ich mich viel mit dem Tod.« Der Kommissar i.R. legte den Löffel neben den Teller und sah seine Gastgeberin durchdringend an.

»Sie auch?« Klara brach in ein etwas zu schrilles Lachen aus. »Ich dachte, Sie arbeiten auf Ihren neunzigsten Geburtstag hin.«

»Das tue ich auch, Klara – Sie erlauben doch, dass ich Sie so nenne? – aber es geht hier nicht um meinen eigenen Tod.«

»Wie? Das verstehe ich nicht.« Auch Klara legte ihren Löffel beiseite.

Eugen Jobst schüttelte sehr langsam den Kopf und blickte sie unverwandt an. »Merkwürdig, nun ist auch unsere gute Frau Schneider dahingeschieden …«

»Ja, aber was ist daran merkwürdig?« An Klaras Hals bildeten sich rote Flecken.

»Nun, sie war überhaupt nicht krank. Sie brauche nur regelmäßig ein Medikament zur Herzstärkung, hat sie mir erzählt.« Der Ex-Kommissar schwieg und kaute genüsslich auf einem Löffel Suppe herum.

»In dem Alter kann der Tod jeden Tag kommen. Auch zu mir, auch zu Ihnen!«

Eugen Jobst lehnte sich zurück. »Herr Stratmann, Herr Hinrichs, Frau Wiesenkamp, Frau Wendelin«, zählte er auf, und Klara dachte verärgert, gleich nimmt er noch die Finger zum Zählen. »Alle sind sie innerhalb kürzester Zeit gestorben, und alle hatten sie nur eine leichte Herzschwäche. So wie ich.«

Klara starrte ihn wortlos an.

»Tja, eigentlich kein Grund, so schnell das Zeitliche zu segnen.«

»Aber, Eugen«, Klara legte schmeichlerischen Charme in ihre Stimme. »Was reden wir denn da für trübes Zeug. Wo doch das Leben so schön sein kann ... auch in unserem Alter.«

Sie schenkte ihm von dem Burgunder ein.

»Da haben Sie recht, Klara. Zum Wohl!« Eugen Jobst strahlte sie mit einem Zwinkern an.

»Zum Wohl!« Klara nahm ein paar hastige Schlucke, dann setzte sie ein gewinnendes Lächeln auf.

»Übrigens habe ich vor, Kontakt zu meiner alten Dienststelle aufzunehmen.« Der Kommissar blickte Klara gerade in die Augen. »Die Kollegen sollen im Fall Schneider eine Autopsie veranlassen, Hinweis auf unnatürlichen Tod und so weiter.«

»Unnatürlich?« Klara wechselte die Farbe. »Was soll denn bei Frau Schneider oder den anderen Todesfällen unnatürlich gewesen sein? Ich befürchte, Sie geheimnissen da etwas hinein, das es nicht gibt. Aber das müssen Sie wohl, schließlich waren Sie jahrelang Kommissar.« Ihre Stimme nahm etwas Beschwörendes an. »Es waren alte Leute, Eugen, alte und kranke Menschen. Die einen schönen und leichten Tod hatten. Ohne jahrelanges Siechtum, ohne in Heimen dahinvegetieren zu müssen ...«

»Der reinste Gnadentod, was?« Seine zynische Schärfe ließ sie zusammenzucken.

»Aber, Eugen, so kenne ich Sie ja gar nicht …« Sie versuchte, verschüchtert zu schauen.

»Diesen Gnadentod sind in letzter Zeit zu viele gestorben. Irgend so ein menschlicher Engel muss da nachgeholfen haben. Aber das kriegen wir raus.« Eugen war wieder ganz Polizist.

»Bestimmt, Eugen. Wenn Sie die Sache erstmal in die Hand nehmen.«

In Klara brodelte eine Mischung aus Angst und Empörung. Es war doch nicht zu fassen! Da hatte sie mindestens sieben alte Menschen von ihrem Jammerdasein erlöst, alle hatten ihr bei Roter Grütze ihren Lebensüberdruss kundgetan, und die Angehörigen hatten ihr ausdrücklich für ihre hilfreichen Gespräche mit den Betagten gedankt und betont, dass der Verstorbene nun endlich seinen Frieden gefunden habe. Und das war jetzt der Dank!

Sie erhob sich. »So, und jetzt hole ich mal Kaffee und den Nachtisch«, flötete sie.

In der Küche stellte sie die Kaffeetassen auf ein Tablett und nahm die Nachspeise aus dem Kühlschrank. Lächelnd kam sie zurück, reichte ihrem Gast das Glasschälchen hinüber und sagte mit ein wenig Bedauern in der Stimme: »Dann guten Appetit, Eugen. Es gibt Rote Grütze mit Vanillesoße. Das mögen Sie doch?«

aus: Mord ist die beste Medizin, Scherz-Verlag. 2004

Manfred C. Schmidt

Nur Zuschauer

Die Anstrengungen des Seminars drückten meine Stimmung. Stundenlanges Zuhören, schlechte Heizungsluft und mittelmäßiges Vortragen konnten genauso ermüdend sein wie schwere körperliche Arbeit mit dem Spalthammer beim Holzhacken.

Der Gang zum Markt füllte meine Lungen mit neuem Sauerstoff. Broccoli, Salat, Kohlpflanzen, Geflügel, Fisch, Käse, Kartoffeln und andere Naturalien sackten die Kunden an den bunten Wochenmarktständen ein. Alles lief in geordneten Bahnen. Friedlich war es.

Meine Schultern entspannten, mein Blick erhellte sich und ich begann mich wieder wohler zu fühlen. Unbewusst führten mich die gewohnten Pfade – wie immer, wenn ich in dieser Stadt war – zielstrebig in das italienische Eiscafé *Venezia*. Hier nahm ich die rauchgeschwängerte Luft gleichmütig hin, entschädigte doch der Fensterplatz im ersten Stock mit einem großartigen Überblick über den Marktplatz.

Das rege Treiben an den Ständen ließ nun gegen Mittag etwas nach. Die Musik von Eric Clapton im Café beeinflusste meine Gefühlslage weiter positiv: »I shot the Sheriff ...«

Den Milchkaffee servierte eine blonde Italienerin. Schwarzhaarige gefallen mir eigentlich besser – sei's drum. Die ehemals weißen Gardinen verdeckten die hintere Ecke des Marktplatzes. Doch gerade dort schien Bewegung in die Szenerie zu kommen. Viele Passanten blickten in diese Richtung, nur ich konnte leider nichts erkennen. Mit der linken Hand schob ich die Gardine zur Seite.

Die vielen jungen Leute, die sich aus dieser Ecke über den Platz ergossen – überwiegend schwarz gekleidet –, trugen zum Teil Gesichtsmasken. Sie schwenkten schwarze, auch rote Fahnen und Transparente. Dahinter tauchte eine zweite Gruppe auf. Olivfarben uniformierte Polizisten mit Schlagstöcken und Schutzschilden trieben die Jugendlichen vor sich her.

»Nazis raus!« »Solidarisieren, mitmarschieren!« Die Rufe der Demonstranten hallten zu mir hoch und mischten sich unter die leise Rockmusik: »I shot the Sheriff …«

Der ganze Marktplatz kam in Bewegung: Passanten flohen, Stände kippten um, Glas splitterte, Steine flogen, Schreie, Rufe, Blaulicht. Ich beobachtete erste Festnahmen.

Antifa-Demo in Aurich! Gewalttaten befürchtet! Die Schlagzeilen der Morgenzeitung kamen mir in den Sinn.

Früher war ich auch mit dabei gewesen!

Früher fehlte ich auf keiner Demo!

Früher … tja, früher war ich auch noch jünger: Emder Jugendtreff *Teestube*, Brokdorf-Demo, Uni-Demos in Oldenburg … lange her.

Gleich geblieben waren nur die Schlagzeilen und Wertungen, heute wie damals: Chaoten, Terroristen, Radikale!

Rechts von meinem Aussichtsplatz entdeckte ich weitere Olivuniformierte: Fünf kahlköpfige Fleischberge in Bomberjacken und Springerstiefeln provozierten aus einer Häusernische heraus die Demonstranten und Passanten.

Ein kleiner Gang sicherte ihnen einen Fluchtweg über die Hinterhöfe.

Ein Ausländer rannte mit seiner blonden Freundin an ihnen vorbei: »Kanakenschlampe!«

Der junge Mann schlug mit der Faust zu, als die Nazis die beiden einholten. Gegen die Baseballschläger hatte er allerdings keine Chance. Die Blonde kam ihm zu Hilfe. Ein Schlag traf sie. Sie kippte seitlich um.

Sollte ich eingreifen? Ich würde zu spät kommen! Ich musste noch den Kaffee bezahlen! Meine Hände krallten sich an der Tischkante fest, ich blieb aber sitzen. Wie erwartet, flüchtete die Nazitruppe, als einige Demonstranten sich näherten. Schon waren Sanitäter zur Stelle. Ich atmete auf.

Auf der anderen Marktplatzseite konnte ich sehen, wie sich die Glatzen neu formierten. Es waren zwei weitere hinzugekommen. Das Spiel begann von vorn, während um die Mitte des Marktplatzes die Polizei einen Kessel gebildete. Mannschaftswagen fuhren in den Seitenstraßen vor.

Die Nazis hatten neue Opfer gefunden. Ein Messer blitze auf. Ein Gegendemonstrant lag in einer Blutlache. Hier kamen die Sanitäter zu spät …

Ich stand auf. Endlich! Endlich stand ich auf.

Ich wusste, ich hatte die Zeche zu zahlen!

Regine Kölpin

NUR ZU ZWEIT

Es war immer das Gleiche. Die beiden traten nur gemeinsam auf, hatten ständig die Köpfe zusammengesteckt.

Hin und wieder entwich ein Blick dieser Zweisamkeit, machte sich auf die Suche und kehrte dann beladen mit neuem Stoff zurück. Es gab keine Grenzen. Cora und Sara redeten über jeden, lachten über alles.

Manchmal wollte Sara nicht mitlachen. Immer dann, wenn die Augen des anderen übergroß waren, wenn selbst das Zusammenkrampfen der Zehen in den Schuhen fast schmerzlich zu sehen war. Aber das hatte nicht Sara zu entscheiden. Nicht mitzulachen wäre genauso gewesen, als versuche ein Fisch ohne Wasser zu überleben. Sara hätte an Land gemusst. Ohne Kompromisse.

Zu Cora blickten alle auf. Zumindest die, die weder das Zusammenziehen von Zehen, noch übergroße, schmerzerfüllte Augen bemerkten.

»Das sind einfach alle«, dachte Sara.

Cora war laut. Cora war schön. Groß und ausschweifend. Eine Göttin. Sie saß auf ihrem Thron, berührte niemals den niederen Boden und wandelte auf den Köpfen der anderen. Sie gewann immer.

»Es ist eben nicht jeder so toll«, dachte Sara und streichelte Coras Hand.

Dann hatte Sara einen Freund. Ob sie es denn wirklich

ernst meine, sich mit solch einem Versager einzulassen, fragte Cora.

Sara nickte, er sei nett.

»Ach was. Hässlich und ein Milchbubi. Keine Ahnung vom Leben.«

Sara machte Schluss.

Cora hatte immer irgendeinen Freund. Sie hatte Erfahrung, wusste, was die anderen nicht wussten. Und sie wusste alles von den anderen. Wer wann mit wem schlief und wer es gebracht hatte und wer nicht. Das erzählte sie Sara. Gemeinsam hüpften sie von Kopf zu Kopf, spielten Hinke Pinke. Cora freute sich, wenn einer einknickte und zusammenbrach. Sara fühlte sich stark, solange Cora bei ihr war.

»Die anderen sind doch alles Nieten, keine Ahnung von nix!«

Sara nickte. Dann verliebte sie sich wieder. So richtig.

»Wieder so ein Weichei«, sagte Cora.

Sara wollte diesen Freund.

»Der taugt nichts. Schick ihn weg«, forderte Cora Sara auf. »Weicheier sind blöd.«

»Später«, sagte Sara. Sie blickte zu Boden, sah schon das Tippen von Coras Zehenspitze.

Sie tut es nicht, dachte Sara. Ich bin ihre Freundin. Sie kann sich immer auf mich verlassen. Mit dieser Gewissheit schob Sara ihre Hand in seine, fühlte das Schlagen ihres Pulses und war lebendig.

»Sara knutscht auch mit anderen«, sagte Cora zu ihm. »Immer wenn du weg bist. Sie ist eine Hure.«

Da ging er weg und Cora küsste Sara, die weinte und nicht verstand.

Sie steckten bald wieder die Köpfe zusammen.

Dann kam Peter. Peter hatte ein schiefes Gesicht und zuckte beim Laufen.

»Voll der Idiot«, lachte Cora und zuckte wie er.

Sara kreischte vor Lachen und bemerkte doch die großen Augen des Jungen. Doch Cora sah sie an und Sara lachte noch ein bisschen lauter.

Peter liebte Cora. Göttinnen werden geliebt, dachte Sara.

Peter brachte Cora Blumen. Sie küsste ihn auf die pickelige Wange und erzählte hinterher, er stinke aus dem Hals wie Nachbars Wutz. Peter kam trotzdem wieder.

»Was bin ich tief gesunken, dass solche Bubis auf mich stehen?«, lachte Cora. »Hey, Pickelgesicht! Ist dein Gesichtswasser leer?«

Peter sagte nichts. Sein Mund verzog sich zu einem verunglückten Grinsen.

»Er passt zu dir«, sagte sie zu Sara. »Genauso ein Kind wie du.«

»Lass das, es ist gemein«, sagte Sara. »Warum quälst du ihn?«

Cora drehte sich weg.

Nach einer Weile wandte sie sich wieder Sara zu. Langsam setzte sie einen Fuß vor den anderen. Sara schluckte, spürte das Gewicht des ganzen Fußes auf ihrem Kopf. Es schmerzte. Als der Druck zu groß wurde, sagte sie, Peter sei wie der Glöckner von Notre-Dame.

»Gut, Sara, nimm ihn! Er ist genauso eine große Null wie du.« Coras Stimme kreischte. Sie klatschte Sara mit der Handfläche auf den Rücken.

Als sie nach dem Sport duschten, stellte sich Cora in die Mitte vom Duschraum. Das Wasser klatschte auf die Fliesen, es rauschte laut. Trotzdem war Cora gut zu verstehen. Sie zeigte mit dem Zeigefinger auf Sara, die gerade ihren Kopf unter den Wasserstrahl hielt.

»Guckt mal alle her!« Eine Dusche nach der anderen verstummte, keine wurde wieder angestellt. »Habt ihr alle gesehen, dass … Saras Titten … verschieden hoch hängen? Die passt zum Glöckner!«

Der Duschraum schien zu beben. Die Worte touchierten die Wände wie Billardkugeln und versanken dann in Saras Mitte. Als sie auftrafen, war es ganz still im Raum. Sogar die letzten Wassertropfen schienen in der Luft zu verharren. Keiner sagte etwas. Keiner nahm Sara in Schutz. Keiner widersprach. Lautlose Zustimmung.

Sara schlang sich das Handtuch um den Körper und rannte hinaus. Hinter ihr gingen die Duschen wieder an, das Murmeln setzte erneut ein. Sie schloss die Tür hinter sich. Die Stimmen der anderen trugen das Urteil der Göttin immer leiser werdend hinter ihr her.

Coras Worte dröhnten in ihren Ohren, verfolgten sie weiter wie eine Meute das Wild. Sara ging nicht in den Unterricht zurück. Cora hatte nicht nur den Fuß auf Saras Kopf gesetzt, sie war auf ihm Trampolin gesprungen.

Cora war die Göttin.

Saras Sachen fand man am Abend am See.

Christiane Franke

Schön, dass Sie da sind

Sie wollen sicher wissen, wie es gewesen ist, nicht?

Vielleicht wäre es ja nicht passiert, wenn wir Dirks geheißen hätten oder Meyer. Davon gibt's viele, selbst in unserem kleinen Dörfchen, in dem Onno in vierter Generation den Teeladen führt. Es ist ein hübscher kleiner Laden, die deckenhohen Regale sind gefüllt mit dicken Messingbehältern, die jeder eine andere Sorte Tee enthalten. Zu Anfang wird es nicht so viele Sorten gegeben haben, doch inzwischen bietet Onno neben Assam-, Darjeeling-, Ceylon-, Kräuter- und Ostfriesentee auch Rotbusch- und Chinatees an.

In diesem Lädchen habe ich Onno damals kennengelernt. Onno Updehöcht, und das ist nun wirklich kein Allerweltsname.

Er war ein flotter junger Mann, die blonden Haare naturgelockt, stets flog mir ein Lächeln entgegen und gerne nahm ich die Einladung zum Teeverkosten an.

Ich verliebte mich schnell in Onno und als ich nach einem halben Jahr schwanger war, haben wir geheiratet. Damals war es noch nicht normal, dass Kinder unehelich geboren wurden, ganz im Gegensatz zu heute, obwohl unser Dorf auch da noch etwas konservativ ist.

Unsere Ehe war das, was ich als normale Ehe bezeichnen würde. Mit Höhepunkten und Talfahrten, wie das bei

Ehen eben so ist. Doch Onno sah das wohl anders, wie ich feststellen musste, als Lina Peters, die am anderen Ende des Dorfes wohnte und ihren Tee durchaus im Konsum kaufen konnte, immer öfter zu uns kam. Denn inzwischen half natürlich auch ich mit, kannte mich bestens aus bei den Teesorten. Und lernte die Blicke zwischen Lina und Onno zu deuten, wobei ich sagen muss, die Sache hat mir gar nicht gefallen. Noch weniger jedoch gefiel mir, als Lina schwanger wurde und Onno als Vater angab. Prompt ließ Onno sich scheiden und heiratete Lina.

Und damit begann das Problem.

Wie gesagt, Updehöcht ist kein Allerweltsname und unser Dorf nicht groß. Wenn man daran gewöhnt wäre, überall auf Namensvettern zu stoßen, ja ... aber so ...

Nun gab es schon drei ›Frau Updehöcht‹ in Wangerhuusen: meine Schwiegermutter, mich und Lina. Und es war wirklich peinlich, wenn ein für Lina gedachtes Paket bei meiner Schwiegermutter oder mir landete, denn meist war Schweinkram drin. So Schlüpfer, die hinten kaum Stoff hatten, in die Pospalte rutschten und kniffen, oder Büstenhalter in allen möglichen Farben. Die komischen Schlüpfer habe ich nur einmal anprobiert, dann aber weggeschmissen. Die Büstenhalter waren mir zu groß, anfangs habe ich sie noch mit Toilettenpapier ausgestopft, doch letztlich wanderten auch sie in den Müll. Denn Lina habe ich die bei mir fälschlich gelandeten Pakete natürlich nicht gegeben.

Nun war Onno der Lina aber auch nicht treu und nach kurzer Zeit gab es zwei weitere ›Frau Updehöcht‹, eine geschiedene mehr und eine frisch angetraute. Da wurde ich langsam sauer und habe das Onno auch klipp und klar gesagt. Denn wir arbeiteten immer noch im Teeladen zusammen.

Doch Onno wollte nicht auf mich hören und blieb auch

seiner dritten und vierten Ehefrau nicht treu. Immer mehr
›Frau Updehöchts‹ liefen durch Wangerhuusen, ich fühlte
mich meiner Individualität aufs Brutalste beraubt. Als Onno
mir eines Tages sagte, dass auch Ehefrau Nummer vier in
die Reihe der geschiedenen Updehöchts zu wandern drohte,
weil Ehefrau Nummer fünf im Anmarsch sei, wusste ich,
was zu tun war. Ich habe ein Kännchen Tary Lapsang
Souchon gekocht, diesen chinesischen Rauchtee, dessen
Geschmack so intensiv ist, dass er fast alles überdeckt, und
in Onnos Tasse ein wenig, wirklich nur ein kleines bisschen
von dem Gift geträufelt, das wir wegen des Ungeziefers
immer im Lager hatten.

Auf seinen Sarg habe ich Teeblätter anstatt Erde geschmis-
sen, das fand ich irgendwie stilechter.

Aber, wir müssen jetzt aufhören, der Wärter macht schon
Zeichen.

Und tun Sie mir bitte einen Gefallen: Behalten Sie meine
Geschichte für sich.

Regine Kölpin

Zu viel

Mara hatte an der Trauerfeier selbst nicht teilnehmen wollen. Das Gerede über ein ehrenwertes Leben, das keines gewesen war, hätte sie nur unnötig aufgeregt. Mit Genugtuung lauschte Mara dem Klatschen des feuchten Sandes auf den Sargdeckel. Bald würde ihn die dicke Schicht der Erde für immer unter sich begraben.

»Fahr zur Hölle, Hans Gutenberg«, flüsterte sie.

Hans Gutenberg war wie eine Lawine über ihr Leben gerollt. Bis dahin hatte es keinen Zweifel daran gegeben, dass sie und Leo zusammen alt werden würden. Aber dann hatte dieser Mann sich in Leos Gehirn eingenistet und seine Gedanken gesteuert.

Hans Gutenberg rief an, wann immer es ihm beliebte, Leo folgte ihm. Er schien immer mehr zu vergessen, dass Mara auf ihn wartete. Egal, was sie versuchte, es gab nichts, was er wirklich zur Kenntnis nahm. Mara musste handeln. Sie steuerte ein exklusives Dessousgeschäft in der Innenstadt an und sofort sprang ihrem Auge im Schaufenster ein Hauch von feiner schwarzer Spitze in Form eines BH´s entgegen. Sie lächelte: Gegen die Waffen einer Frau war auch ein Hans Gutenberg machtlos.

Als Leo nach Hause kam, zupfte Mara ihren neuen BH zurecht und legte sich quer übers Bett. Er setzte sich auf die Bettkante. Sein Gesichtsausdruck glich eher dem eines verwirrten Schuljungen als dem eines feurigen Liebhabers. Mara knöpfte Leos Hemd auf, er tauchte seine Nase kurz in die feine Spitze ihres neuen BHs und zog sie dann achtlos herunter. Mechanisch massierte er Maras Brust. Als sie gerade in seinen Hosenschlitz fasste, unterbrach das kratzende Geräusch seines Handys ihre Bewegung. Leo warf einen Blick auf das Display. »Es ist Hans.« Er verzog sich in den Flur.

Als Leo wiederkam, hatte er sein Hemd bereits wieder in den Hosenbund geschoben und die Haare zurechtgezupft. »Muss noch weg«, sagte er.

Später klingelten zwei Beamte. Sie hätten Mara eine traurige Mitteilung zu machen. Ein böser Unfall. Leider sei Alkohol im Spiel und Leo sofort tot gewesen.

Mara hatte kaum Zeit, um Leo zu weinen, musste sie doch feststellen, dass alle Ersparnisse verschwunden waren. Leo hatte ihr gemeinsames Vermögen, zusammen mit Hans Gutenberg, in Bordellen und Spielhöllen verheizt.

Mara verkaufte die Wohnung in der Stadt und mietete sich ein Appartement auf einem Bauernhof abseits eines Dorfes. Das Haus war nur über eine enge Straße zu erreichen, dafür hatte Mara einen wunderbaren Ausblick über das Tal. Die grünen Wiesen am Abend zu sehen, wenn die Sonne zwischen den Hügeln verschwand, war Balsam auf ihrer verletzten Seele, lenkten sie von dem ab, was hätte sein können, wenn nicht Hans Gutenberg gewesen wäre.

Um ihren Schmerz und ihre Wut zu betäuben, begann Mara in ihrer Mittagspause im Stadtpark zu joggen, sich auszutoben. Als sie eines Mittags zum Abschluss sprintete, stieß sie mit einem Mann zusammen.

»Entschuldigung.« Eine Hand legte sich auf ihre Schulter. Für einen Augenblick schien die Welt in ihrem Lauf anzuhalten, alles war still, kein Autolärm kämpfte sich durch die Blätter der Bäume. Dann war alles wieder da. Mara war sich sicher: Diese Stimme kannte sie. Einmal hatte sie sie am Telefon gehört. Unverkennbar war das die Stimme von Hans Gutenberg. In Mara krampfte sich alles zusammen, fast war sie versucht, ihre zusammengeballte Faust hervorschnellen zu lassen und sie irgendwo dort in diesem Mann zu platzieren. Aber sie atmete ruhig ein und aus, hob den Blick. »Schon gut«, sagte sie.

Er hatte blaue Augen. Dunkle blaue Augen, die sie so fest fixierten, dass Mara den Blick nicht von seinem Gesicht wenden konnte. Sie duldete seine Hand schon viel zu lange auf ihrer Schulter. Als er sie wegzog, kribbelte es noch eine ganze Weile.

»Darf ich Sie nach Hause fahren?« Das Lächeln des Mannes umspann Mara wie ein klebriges Spinnennetz. Mara schüttelte erst den Kopf, stieg aber widerspruchslos ein, als Hans Gutenberg ihr die Tür seines Sportwagens aufhielt. »Der Wagen ist mein Ein und Alles. Den würde ich nirgendwo stehen lassen, der ist immer an meiner Seite. Und nachts muss er in seine Garage, eigens für ihn gebaut. Der Wagen ist ...«, er hielt kurz inne, suchte nach dem richtigen Ausdruck, »mein Baby, quasi«, grinste er dann und streichelte mit seinen schlanken Fingern über das Lenkrad, als glitte er über die Formen einer begehrenswerten Frau.

Von da ab stand Hans Gutenberg ab und zu abends vor ihrer Firma und lud sie ein. Mara ertappte sich dabei, dass sie gegen Feierabend oft heimlich aus dem Fenster sah und nach dem roten Ferrari auf dem Parkplatz Ausschau hielt. Sie fühlte sich furchtbar. Dieser Mann hatte Leo auf dem Gewissen, ihn betrunken gemacht, ihn in den Tod fahren lassen. Er hatte Leo dazu gebracht, ihr Vermögen zu verschleudern. Und sie klebte an ihm wie eine Fruchtfliege auf angefaultem Obst. »Wie ich ihn hasse«, dachte sie und zog gleichzeitig ihr schwarzes Nichts aus der hintersten Ecke des Schrankes. Kritisch prüfte sie sich vor dem Spiegel. Leo hatte es nicht beeindruckt, aber vielleicht Hans …

Als sie am Abend in seinen Wagen stieg, rutschte er mit der rechten Hand vom Schalthebel auf ihr Knie. Mara öffnete ihre Bluse und zeigte ihm, was sie darunter trug.

Sie taten es auf der Rückbank. Schnell, gierig. Wie Ertrinkende. Danach verabscheute sich Mara schlimmer als all die Huren, die Leo in seiner Zeit mit Hans Gutenberg aufgesucht haben musste. Als sie nach Hause kam, spuckte Mara gegen den Spiegel, der ihr ein Gesicht entgegenwarf, das sie nicht mehr kennen wollte.

»Ich möchte dich einladen«, sagte sie zu ihm. »Ein kleines Essen zu zweit …«

Am Abend stand Hans mit einer roten Rose vor ihrer Haustür. »Ganz schön abgelegen«, grinste er. »Und steil.«

»Prosecco?«, fragte Mara, ging zum Tisch und nahm die blaue Flasche in die Hand. Da fühlte sie auch schon Hans Gutenbergs Hände an ihr. »Trägst du wieder den schwarzen BH?«, fragte er. Sein Atem streichelte ihren Haaransatz, brachte ihre Haut zum Aufblühen. Mara entglitt ein Laut, der ihr fremd war, sie aber in die Wirklichkeit zurückkatapultierte. Ihr klar machte, dass sie ihren Weg wirklich zu Ende gehen musste, wenn sie jemals wieder in den Spiegel schauen wollte, ohne eine Fremde darin zu erblicken. Aber einmal wollte sie es noch auskosten. Ein einziges Mal.

Sie nahm seine Hand kurz zur Seite, füllte den Prosecco in die Gläser. »Holst du die Untersetzer?«

Hans trollte sich widerwillig. Als er zurückkam, genoss Mara den Blick, mit dem er auf die geöffnete Bluse starrte. Hans begann an dem schwarzen BH zu fummeln, als sei er ein Kind, das nicht abwarten konnte, endlich sein Geschenk auszupacken.

Er ließ nur die Hose fallen, schaffte es nicht einmal, sein Hemd auszuziehen. Mara genoss den Rausch.

»Lass uns noch etwas trinken!«, schlug sie danach vor und hielt Hans erneut das gefüllte Glas hin.

»Das ist aber das letzte«, prostete er Mara zu. »Und nun?« Sie nahm den Auflauf aus dem Ofen, Hans verschwand in der Toilette.

Als er wiederkam, wirkte er etwas fahl. »Ich muss so viel ...«, er räusperte sich, »pinkeln, habe solchen Durst, unnormal.«

»Dann trink noch was!«, forderte Mara ihn auf und hielt ihm erneut ein Glas Prosecco hin. Hans nickte fahrig, trank es mit einem Schluck aus und stürzte wieder aufs WC.

Sein Blick war glasig geworden, als er wiederkam, die Stimme leicht verwaschen. Er trank das Glas, das Mara ihm reichte, in einem Zug leer. Dann ließ er sich rücklings aufs Sofa fallen. Mit einem Fuß hangelte er nach der am Boden liegenden Hose, schaffte es aber nur, sie über den Fußknöchel zu streifen, wo sie sacht hin und herpendelte. Die Krawatte saß schief und sein Glied hatte sich wie eine junge Schlange zum Schlafen in der Leiste verkrochen.

»So etwas habe ich noch nie erlebt«, flüsterte er. »Dieser Durst ...« Hans murmelte, dass er nun dringend nach Hause müsse, wohl doch etwas viel getrunken habe. Er habe das Gefühl, krank zu werden, wollte nicht bleiben.

»Du solltest nicht mehr fahren«, sagte Mara und zog ihren BH aus, den sie ihm auffordernd unter die Nase hielt.

Hans setzte sich auf. »Mein Baby kann auf keinen Fall nachts draußen bleiben, muss in seine Garage. Ich fahre.« Er wirkte hilflos, wie er mit halb hochgezogener Hose und schlaffen Armen im Zimmer stand und sich kaum auf den Beinen halten konnte. Mara hauchte einen Kuss auf das erschlaffte Glied, das unschlüssig hin und herbaumelte, half Hans in die Hose und brachte ihn zum Wagen.

»Ist ja nicht weit!«, lächelte sie. Mara schlug die Autotür hinter ihm zu und klopfte leicht aufs Dach. So musste er es mit Leo getan haben. In jener Nacht. »Fahr ruhig, Leo, es ist ja nicht weit.«

Mara klopfte noch einmal an die Scheibe. Als er sie herunterließ, steckte Mara den schwarzen BH durch den Schlitz, den er wie eine Trophäe ins Fenster klemmte, und mit durchdrehenden Reifen davon brauste. Die Verschlüsse klackerten gegen die Scheibe.

Ein Hans Gutenberg ließ sein »Baby« niemals stehen, wollte es immer sicher in seine Garage bringen! Sie hatte es gewusst.

Das Grab war zugeschaufelt. Mara hatte nicht gedacht, dass es wirklich klappen würde. Hans Gutenberg, der immer auf der Überholspur gefahren war, war tot. Bereits die erste Kurve war ihm zum Verhängnis geworden. Drei Mal hatte sich sein Ferrari mit der schwarzen BH-Flagge überschlagen. Weggepustet von ihrem Prosecco, dem sie ordentlich Wodka und ein Ausschwemmmittel ihrer Oma beigemixt hatte. Zu viel Durst, zu viel Alkohol und sein »Baby«. Das hatte irgendwie nicht zusammengepasst.

(aus dem Gewinnerbuch des 2. Wettbewerbs der Literaturassoziation ALFA in Portugal. Schwarzer Büstenhalter, edition ALFA, Portugal 2007

Christiane Franke

DER MEISTERTITEL

Pumpen. Hoch damit. Noch einmal. Und nochmal. Mit jedem Drücken erschien ihm die Langhantel schwerer. Schweiß lief Michael Mersmann nicht nur über die Stirn und die angespannten Gesichtszüge, sein Körper glänzte, das hellgraue Muskelshirt war nass. Noch fünf, noch vier, noch drei ... gleich hatte er es geschafft. Jetzt! Erleichtert ausatmend ließ er das mit 160 Kilo bestückte Sportgerät auf die Halterung fallen. Ja! Er würde es packen. Ein gewaltiger Adrenalinstoß durchfuhr ihn. Dieses Jahr würde er es schaffen. Er war in Höchstform. Dieses Jahr hatte Holger Lukovicz keine Chance auf den Landesmeistertitel. Der gehörte ihm. Genau wie das Preisgeld. Diese so verdammt lebenswichtigen 75 000 Euro. Für die er so hart geschuftet hatte.

Zufrieden griff er nach dem Handtuch hinter seinem Kopf. Wischte sich den Schweiß ab, während er sich aufsetzte.

»Na, schon kaputt?« Holger grinste ihn an. Breitbeinig wie ein Prolet stand er vor Michael, die dünne Camouflagehose strammte an den Oberschenkeln. Auch Brust- und Armmuskeln zeigten sich von ihrer prallsten Seite. Früher hätte eine solche Demonstration Minderwertigkeitskomplexe in Michael ausgelöst. Doch diese Zeiten waren vorbei. Nicht umsonst hatte er sich im letzten Jahr extrem ins Zeug gelegt. Inzwischen konnte er einem Vergleich mit Holger standhalten. Er setzte sich auf. »Weißt doch, ein wenig Anstrengung kannst du nicht vermeiden. Gehört halt dazu. Nun brauch ich erst mal was zu trinken.« Er wusste, dass sein Tonfall abweisend war, doch daran konnte er nichts ändern. Zu sehr war Holger an dem finanziellen Desaster beteiligt, das Michael nun die Existenz zu kosten drohte.

»Gibst auf, oder was?« Mit dreister Penetranz lief Holger neben ihm her, in eine Duftwolke aus kaltem Schweiß, Knoblauch und Zwiebeln gehüllt. Michael versuchte, nicht durch die Nase zu atmen. »Aber nein, aufgeben kannst du doch Sabine nicht antun. Die rechnet sicher damit, dass du mich vom Treppchen schubst.« Holgers Lachen klang ein wenig dreckig. »Oder sie sieht inzwischen vielleicht ein, dass sie einen Fehler gemacht hat, als sie dich damals mir vorzog. Kannst ihr sagen, ich würd sie jetzt auch mit dem Kleinen nehmen.«

»Es reicht, Holger!«

Sie hatten die Theke erreicht.

Michael setzte sich ganz nach links, um Holger deutlich zu machen, dass er keine Unterhaltung wünschte. Holger nahm zwei Hocker weiter rechts Platz.

»Erdbeer, wie immer?« Dunja sah Michael fragend an, die Hand schon am Eiweißpulverbehälter. Er nickte.

»Mach mir einen Vanille. Und dann 'nen Teller Saures Rindfleisch, bitte. Mit extra viel Zwiebeln.« Holger starrte auf Dunjas tief ausgeschnittenes Dekolletee, seine Augen folgten begehrlich dem Auf und Ab ihrer üppigen Brüste, als sie den Shaker schüttelte.

Oft schon hatte Michael Dunja darauf angesprochen, dass er es erniedrigend fand, wenn sie in dieser Weise hantierte. Wozu gab es Maschinen, die Shakes herstellen konnten. Doch Dunja lachte jedes Mal. »Michi, des is halt 's G'schäft … des Mit-den-Titten-Wackeln. Des g'hört dazua. Des will a Großteil der Bursch'n sehn, die da trainiern. Mir ist des egal … Soll'n s' schaun … Trinkens dann halt noch an mehr … und des is guat fürs G'schäft. Und für meine Brustmuskel a.«

Michael jedoch sah das anders. Er sah sowieso vieles anders. Dies hier, das Training für die Landesmeisterschaft, das machte er beileibe nicht aus Spaß. Aus Notwendigkeit hatte er seinen alten Sport wieder aufgenommen, ausgebaut, aus Notwendigkeit nahm er in Kauf, dass sein Körper immer muskulöser wurde. Nahm in Kauf, dass sich sein Erscheinungsbild verändert hatte. Vom soliden, vertrauenswürdigen Werbegrafiker zum oberhemdsprengenden Muskelprotz, dem man – wenn überhaupt – nur einen kleinen Anteil an Gehirnmasse zugestehen würde. Doch das alles war okay. Solange er den Titel holte. Und damit das Geld. Denn er musste siegen. Sonst nahmen sie ihm das Heim.

»Ein wenig schade ist es ja schon, dass der Zweite nur den Pokal und den Vizetitel kriegt.« Holgers süffisante Stimme riss ihn aus seinen Gedanken. »Aber tröste dich. Ich mach noch zwei, maximal drei Jahre, dann überlass ich dir das Feld.«

»Wie bitte?« Das war ja wohl der Gipfel. Michael sah Holger ungläubig an. Der grinste überheblich, während er noch mehr Pfeffer über Fleisch und Zwiebeln gab. »Ich hab gesagt: Ich mach das noch zwei, drei Jahre, dann kannst du übernehmen. Hast du doch gehört, oder? Dann ist der Name Lukovicz ins Hirn der Leute gebrannt. Durch die Sieges-Schlagzeilen. Weil ich doch mein eigenes Fitness-Studio gründen will. Da müssen die Leute nachher wissen: Ah ja, der war doch so lang Landesmeister. In das Studio müssen wir unbedingt. Nur so funktioniert das. Mir schwebt vor, irgendwann eine Fitnessstudio-Kette draus zu machen. Und damit das richtig große Geld. Wo die mich jetzt bei der Bank aufs Abstellgleis geschoben haben. Da seh ich doch zu, dass ich dort den Absprung krieg. Aktenschieber. Was anderes bin ich doch nicht mehr. Nee, so was macht man nicht mit einem Lukovicz. Ich mach noch die zwei, drei Jahre und dann hau ich in den Sack. Da musst du mich verstehen, Michael. Im Prinzip sitzen wir im gleichen Boot.«

»Das ist jetzt aber nicht dein Ernst, oder?« Michael merkte, wie Wut brandheiß in ihm hochkochte. »Du hast deinen Job, verdammt noch mal! Mir wollen sie das Haus unterm Hintern wegpfänden! Da kannst du mir doch nichts vom gleichen Boot erzählen.«

Schnee und Frost hatten die Straßen zu Rutschbahnen werden lassen. Michael fuhr langsam, noch immer vor Wut kochend, die Auffahrt zum Haus hinauf. Er parkte den Wagen neben dem geschützt unter dem Überhang des Hauses lagernden Holzstoß und schnappte sich vom Beifahrersitz den dicken Strauß rot-gelber Tulpen, den er spontan auf dem Heimweg für Sabine gekauft hatte. Nach diesem unerfreulichen Gespräch hatte es ihn gedrängt, seiner Frau eine Freude zu machen. Auch Narzissen hatte er gekauft, sechs Dutzend, noch an ihren Zwiebeln hängend. Er sah das Bild der von Narzissen gesäumten, neu gepflasterten Terrasse schon lebhaft vor sich.

Auf dem Weg zur Haustür blieb er stehen. Wie so oft warf er einen Blick in die Umgebung. Das war Balsam für die Seele. Jedes Mal aufs Neue. Wie liebte er den Anblick auf die Karawanken, den Dobratsch, das Goldeck und natürlich … natürlich … den Blick hinab über den Millstätter See hinein in das Wettereck Mölltal. Buchstäblich jeden Abend bot es im Sonnenuntergang ein neues, ein wunderbares Schauspiel. Zeigte Wolken und schneebedeckte Gipfel in jenem zart roséfarbenen Licht, das Engeln zugesprochen wurde. Das stumm machte. Und dankbar dafür, diesem Wunder zuschauen zu dürfen. Seit er als Kind das erste Mal mit seinen Eltern hier im Urlaub gewesen war, wollte er an diesem Ort leben. Hart hatte er dafür gearbeitet, diesen Traum verwirklichen zu können. War dafür auch das eine oder andere Risiko eingegangen. Und bis vor kurzem hatte alles geklappt. Bis es Rückläufe in den Auftragszahlen gab.

Das Geschäft lief nicht mehr so leicht auf dem Gebiet der Werbegrafik. Wie überall wurde auch hier eingespart. Mit Auftragsrückgängen in einer Größenordnung, die es ihm nicht mehr möglich machte, die Hypotheken fristgerecht zu bedienen, hatte Michael allerdings nicht gerechnet. Lastschriften waren nicht eingelöst worden.

Und doch, das war nichts, was man nicht hätte hinkriegen können. Wenn Holger nicht weiterhin den Oberbanker gespielt, nicht seine Fähigkeiten überschätzt hätte. Michael hörte immer noch Holgers beschwichtigende Worte: »Kein Problem, ich hab alles im Griff.« Oft hatte Holger Sabine dabei mit dem gleichen begehrlichen Blick abgetastet, mit dem er Dunja heute angestarrt hatte. Doch Holger hatte nichts im Griff gehabt. Nichts.

Michael versuchte, diese beißenden Gedanken beiseitezuschieben, klopfte seine Füße auf der Matte ab und betrat das Haus.

Sofort umfing ihn mit dem Geruch von Karottenbrei und Babypuder die Wärme Sabines und Joshuas.

»Na, meine beiden Lieblingshasen, wie war euer Tag?« Mit einem übertriebenen Kratzfuß und einem Lächeln hielt er Sabine den Blumenstrauß entgegen. »Für dich, mein Schatz.« Er küsste sie auf den Haaransatz und nahm ihr mit geübtem Griff seinen strampelnden Sohn ab. »Und du, mein Kuschelmonster, hast du mit Mama schön im Schnee gespielt?«

»…neee…«. Das »Sch« unterschlug Joshua strahlend.

»Danke. Ist schön, der Strauß.« Sabine lächelte matt. »Wir haben Schneeengel gemacht. Und Fotos davon.« Sabine stand auf, legte die Blumen auf die Arbeitsfläche und drehte sich zu ihm um.

Michael sah, dass sie angespannt wirkte. »Ich hab auch noch Narzissen gekauft. Den ganzen Kofferraum voll. Die pflanzen wir rund um die Terrasse, das sieht sicher ganz toll aus.

»Kommt gar nicht in Frage.« Sabine schüttelte bestimmt den Kopf. »Diese Dinger haben hier nichts zu suchen.«

»Warum das denn nicht? Die sind doch schön.«

»Michael.« Sabines Stimme nahm einen Tonfall an, der nichts Gutes verhieß. »Narzissen sind giftig.«

»Quatsch. Der Goldregen, ja. Drum haben wir den entfernt. Und Maiglöckchen. Die hab ich einzeln ausgebuddelt. Aber Narzissen?«

»Glaub es oder nicht, hier werden sie jedenfalls nicht gepflanzt.« Unverhohlene Aggression sprühte aus Sabines Stimme.

»Was ist los? Warum bist du so heftig?« Michael setzte sich, Joshua mit geübtem Griff in richtige Position bringend und instinktiv nach dem Breilöffel greifend. Während er seine Frau ansah, schob er mechanisch Löffel für Löffel in den kleinen Kindermund.

»Hier.« Sabine nahm ein Schreiben aus dem Küchenregal. »Vom Hedgefond. Wir haben eine Frist von drei Wochen.«

»Verdammt! Geben die noch immer nicht Ruhe?« Sofort waren Tulpen und Narzissen vergessen. »In was für eine Scheiße hat uns Holger da reingeritten? Ich ruf ihn morgen noch mal in der Bank an. Das kann doch nicht wahr sein. Die müssen das endlich gerade bügeln. Wo kommen wir denn da hin? Da finanzierst du bei deiner Hausbank und nur, weil wir zwei, drei Mal nicht regulär zahlen können, verkauft die Bank die Forderung, ohne uns was davon zu erzählen. Das allein wäre Holger uns schuldig gewesen! Der kann doch nicht einfach so tun, als sei nichts passiert. Der wusste doch, in was wir hineingeraten. Da hätte der doch handeln müssen.« Michael merkte, dass sich seine Halsmuskeln vor Zorn anspannten.

»Ich hab dich immer vor ihm gewarnt.« Sabines Stimme behielt die Aggression. »Er war von jeher ein Windei. Nun ist es zu spät. Die vom Fond drohen mit Zwangsversteigerung, wenn wir nicht bis zum 15. den Teilbetrag zahlen. Es geht um alles, kapier das doch endlich.« Sabines Stimme wurde hart; die Mundwinkel sanken bis ans Kinn.

Es tat Michael weh, sie so verbittert zu sehen. »Sabine.« Das Flehen, das unbeabsichtigt in seiner Stimme mitschwang, ließ Joshua ängstlich zu weinen beginnen. Michael bemühte sich, seiner Stimme die Festigkeit zurückzugeben. »Bitte. Ich kann doch nichts dafür, dass die Bank unsere Hypothek verkauft hat.«

»Nein. Dafür kannst du nichts. Aber du hättest dich intensiver darum kümmern müssen. Dich nicht auf deinen alten Kumpel Holger verlassen dürfen.« Sie schnappte sich den immer lauter werdenden Joshua und verließ die Küche. Wie ein Hohn lagen die Tulpen noch immer unversorgt auf der Arbeitsfläche.

Innere Leere ließ Michael frösteln, als er mechanisch eine Vase aus dem Küchenschrank nahm, mit Wasser füllte und den Strauß als Frühlingsgruß in die Mitte des Tisches stellte. Er musste den Titel holen. Und ja, er würde es schaffen.

Seit sie die Nachricht erhalten hatten, dass die Hypotheken verkauft worden waren, hatte er sich mit verzweifelter Intensität ins Training gestürzt. Weil er hier die einzig mögliche Chance sah, ehrenhaft an Geld zu kommen. Sie brauchten das Preisgeld, jetzt, für die Übergangszeit. In einem, maximal zwei Jahren würde seine Firma ganz andere Zahlen schreiben, den Grundstein dafür hatte er gelegt, die Kontakte geknüpft. Es ging nur darum, diese Durststrecke zu überbrücken. Er musste noch einmal mit Holger reden. Vielleicht konnte der doch noch etwas möglich machen?

»Ich beneide euch jedes Mal aufs Neue wieder um diesen Ausblick.« Holger ließ sich auf den Korbstuhl am Esszimmertisch fallen, blickte durch die raumhohen Fenster hinaus auf die Berge. »Kann verstehen, dass du das nicht aufgeben willst.«

»Ja. Eben drum ist es so wichtig, dass ich dieses Jahr den Titel hol, Holger.« Michael fackelte nicht lange und kam gleich zum Thema. »Ich brauch das Preisgeld. Sonst bin ich das Haus los. Wer weiß das besser als du?« Er konnte einen bitteren Unterton nicht vermeiden. Dennoch riss er sich zusammen, mahnte sich innerlich zur Ruhe. Aus der Küche holte er zwei Eiweißshakes – Bier gab es erst wieder nach dem Wettkampf – den Käseteller und die Platte mit dem Sauren Fleisch. »Ich hab noch mehr Zwiebeln, wenn dir das so nicht reicht. Sind übrigens eigene. Aus unserem Garten.«

»Nee, nee, passt schon. Wo sind denn Sabine und Joshua?«

»Noch bei 'ner Freundin. Sie kommen bestimmt bald.« Michael wurde ernst. »Aber ich hab dich nicht aus Spaß eingeladen, Holger. Es geht um meine Existenz. Um meine Familie, meinen Sohn … um alles, was ich mir aufgebaut habe. Du bist nicht unschuldig daran, dass ich so tief in diesem Schlamassel sitze. Du warst mal mein bester Freund.

Hätte ich mich nicht in allem, was das Finanzielle betraf, so vollkommen auf dich verlassen, stünde ich jetzt nicht an diesem Abgrund. Darum musst du mir helfen. Das bist du mir schuldig. Ich brauche das Preisgeld. Sonst nimmt man mir das Haus weg.« Noch hatte Michael keinen Bissen angerührt. Betrachtete angewidert, wie Holger gierig Fleisch und Zwiebeln in sich hineinstopfte. Wie hatte er ihm je trauen, ihm je seine Finanzen anvertrauen können?

»Pluster dich mal nicht auf wie ein Pfau«, Holger aß unbekümmert weiter. »Als wenn ich schuld wäre. Hättest dich eben ein wenig intensiver mit allem befassen müssen. Banker sind auch keine unfehlbaren Götter. Und … was heißt hier: Existenz … Zieht ihr eben in eine Wohnung. Müsst ja nicht in einem Haus wie diesem wohnen.« Er lachte schief. »Obwohl … ich geb ehrlich zu, für Sabine ist das hier wirklich der richtige Rahmen. Aber das mit dem Meistertitel, das schmink dir ab. Sag bloß, du hast das immer noch nicht kapiert?«

In der Nacht wachte Michael auf. Fühlte Hände. *Nein. Weg. Lass mich.* Völlig außer Atem schreckte er hoch. Sein Shirt war nass geschwitzt. Immer noch waren da Hände. Er fuchtelte ebenfalls herum »Weg! Lass mich in Ruh!« Ohne es zu merken, hatte er diese Worte laut gerufen.

»Michael.« Nur langsam drang in sein Bewusstsein, dass es Sabines Hände, Sabines Stimme waren. Voller Zärtlichkeit zog sie ihn an sich. »Beruhige dich.« Sie küsste ihn aufs Haar, streichelte sein Gesicht. »Schhhhhh. Alles wird gut. Ich glaube an dich, mein Schatz. Es ist nicht mehr lang, dann hast du alles geschafft. Ich weiß, dass du Holger packen kannst. Da hab ich gar keinen Zweifel.« Ihr Mund wanderte zu seinem hinunter, sie küsste ihn mit jener wundervoll herben Süße, die ihn rasend machte. Doch als er sich vollends in Sabines verheißungsvolle Sinnlichkeit fallen lassen wollte, drängte sich Holger vor sein inneres Auge. Selbstsicher. Siegesgewiss. In knappen Worten hatte er es Michael erklärt. Michael konnte trainieren, soviel er wollte, eine Chance hatte er nicht. Nicht, solange Holger es nicht zuließ.

Abgekartet. Insgeheim abgesprochen. Das also war es. Es ging nicht darum, wessen ölglänzende Muskeln im Scheinwerferlicht überzeugten – beim Landestitel ging es lediglich um einen ausgeklügelten Werbeplan. Jahrelang geheim vorbereitet, die Fäden hinter den Kulissen gezogen, erfolgreich durchgeführt. Ein paar Jahre lang behauptete sich ein- und derselbe, bekam *ein* Name Bedeutung und Presseartikel, baute sich auf. Niemand kam auf den Gedanken, dass die Nahrungsergänzungsmittelfirma *Xtreme Muscle Supplements* den siegreichen Kandidaten pushte. Kein Mensch ahnte, dass der Sieger nach seinem Abtreten aus dem Rampenlicht vertraglich daran gebunden war, in seinen Fitnessstudios ausschließlich Nahrungsergänzungsmittel dieser Firma zu verkaufen. Nur Eingeweihte wussten, wie groß und lukrativ dieser expandierende Absatzmarkt war. Da zählte das Sponsern eines Kandidaten zu Peanuts. Okay, zwischendurch musste auch einmal ein Außenseiter gewinnen, damit es nicht gar so ein offensichtliches Muster ergab, doch die Außenseiterrolle war bereits vor zwei Jahren vergeben gewesen. Dieses Jahr war erneut Holger als *XMPs* Kandidat fürs Siegertreppchen auserkoren. Alles war geregelt.

Als Holger Lukovicz drei Tage vor dem Wettkampf sein Abendbrot, Saures Rindfleisch, zubereitete, spürte er einen Anflug schlechten Gewissens. Vielleicht hätte er sich doch mit Michael arrangieren sollen? Ach was. Er schüttelte den Kopf. Quatsch. Michael hatte ihm damals Sabine weggeschnappt. Nein. Michael hatte es verdient, nun auch mal am Schwimmen zu sein. Das war nun mal so im Leben. Mal gewann man, mal verlor man. Und jetzt war eben er, Holger, auf der Siegerstraße.

Aus der Speisekammer holte er die Zwiebeln, die Sabine ihm vor ein paar Tagen mitgegeben hatte. Ein warmes Gefühl erfüllte ihn, als er an ihr geheimnis- ja, beinahe liebevolles Lächeln dachte, mit dem sie ihm den Beutel in die Hand gedrückt hatte.

Wenn das zwischen ihr und Michael nun in die Brüche gehen sollte, dann war er zur Stelle. Würde seine Chance nutzen. Er drapierte die Fleischscheiben fächerförmig auf dem Teller, arrangierte die hauchdünn geschnittenen Zwiebeln darüber, würzte das Ganze und goss sich ein Wasser ein. Ja. Das Leben hatte durchaus einiges zu bieten. Man musste die Möglichkeiten nur erkennen.

Scheinwerferlicht tanzte auf Michaels muskulösem, ölglänzendem Körper. Langsam und andächtig stieg er auf das Siegerpodest. Erleichtert und dennoch leer. Blitzlichtgewitter umgab ihn. Kameras surrten, klickten in einer Klickophonie. Und doch fingen sie keine strahlende Siegermiene, sondern Betroffenheit ein. Den Pokal in der Hand, rang Michael sichtlich um Fassung, als er sagte: »Ich danke der Jury für diesen Preis. Er ehrt mich und meine Arbeit. Ich nehme ihn stellvertretend für all diejenigen entgegen, die Tag für Tag versuchen, ihren Körper und damit ihre Gesundheit zu stärken. Und ich nehme ihn heute für den Menschen entgegen, der vielleicht statt meiner hier stehen würde, wenn das Schicksal nicht aus heiterem Himmel zugeschlagen hätte. Ich stehe hier nicht nur für mich, sondern auch für Holger Lukovicz. Einen der ganz Großen. Holger, ich werde dich nie vergessen.«

Im dunklen Zuschauerraum zerknüllte Sabine Mersmann zufrieden den Zeitungsausschnitt, der ihr Lebensretter geworden war. »Aufgrund ihrer Ähnlichkeit sind Verwechslungen zwischen der harmlosen Küchenzwiebel und der giftigen Narzissenzwiebel möglich. Die Symptome bestehen aus Übelkeit, Erbrechen, Schweißausbrüchen und Durchfall. Bei starker Vergiftung kann es zu Lähmungen, zum Kollaps und auch zu tödlichen Vergiftungen kommen.«

Pech für Holger, dass er so sehr auf Zwiebeln gestanden hatte …

Regine Kölpin

DAS SPIEL

Anita holte den dreibeinigen Mahagonitisch aus der Ecke, zog die schwere Schublade der Kommode auf und packte das zerfledderte »Mensch-ärgere-dich-nicht«-Spiel aus. Die Weingläser hatte ihr Vater schon bereitgestellt, denn sie genossen beim Spiel gern einen trockenen Bordeaux.

Jeden Tag fuhr Anita nach der Arbeit in das alte Stadthaus, in dem ihr Vater lebte und stundenweise von einer privaten Pflegerin und einer Haushaltshilfe versorgt wurde.

Ihr Vater verlor nie viel Zeit, fieberte dem Spiel mit einer Vorfreude entgegen, als existiere sein Leben nur noch in dieser einen Stunde.

Anita beeilte sich, die Figuren aufs Brett zu stellen, für sich die blauen, für ihren Vater die gelben.

Der Würfel rollte über den Tisch. Keine Sechs für Anita, sie musste im Haus bleiben.

»Ich hab sie aber, ich hab sie!«, sang der alte Mann. Anita war froh, dass er glücklich war – für diese kurze Zeit.

»Und noch ein Fünfer!«, freute sich ihr Vater.

Anita würfelte, das Spiel nahm seinen Gang. Setzen, rausschmeißen, wieder setzen. Drei ihrer Figuren hatte der Vater schon rausgeworfen, eine stand im Ziel. Es würde noch endlos dauern.

Anita war an der Reihe. Die Zahlen vermischten sich miteinander, wurden immer schneller, der Würfel kullerte schließlich vom Tisch. Erst an der Kante des verschlissenen Teppichs blieb er liegen. Eine Sechs.

»Gilt nicht. Abgestoppt!«, entschied der alte Mann und griff genüsslich nach dem bauchigen Glas, in dem das dunkle Rot des Weines schimmerte.

»Aber es war eine Sechs, ich könnte wieder raus«, sagte Anita.

»Abgestoppt gibt allenfalls eine Wiederholung. So ist das Spiel.« Ihr Vater schlürfte den Wein und ließ ihn mit Kennermiene im Mund kreisen. Anita fand es lächerlich. Sie tranken ohnehin immer den gleichen Wein und wussten, wie er schmeckte.

Jeder Wein sei anders, hatte ihr Vater einmal behauptet und Anitas Abwinken keine Beachtung geschenkt. Es war eben eine alte Marotte aus seiner Zeit in der gehobenen Gesellschaft.

Anita verzichtete auf die Wiederholung des Wurfes und hörte den Würfel fallen.

»Eins, zwei, drei, vier«, rieb ihr Vater sich die Hände. »Drei Felder noch und das dritte Männchen ist drin.«

Anita schüttelte den Würfel in ihrer Hand, ließ ihn vorsichtig über das Brett kullern. Eine der gelben Figuren des Vaters fiel um.

»Pass doch auf! Wenn du alles umwirfst, wird das auch nichts. Du musst verlieren können!« Er rieb sich mit dem Zeigefinger über die Nasenspitze. »Aber du hast ja die Sechs! Anita, du hast die Sechs!«, lachte er und stellte ihre Figur schon mal hinaus. »Noch mal! Du musst noch mal würfeln!«

»Ja, Vater!«

Wieder klackerte der Würfel über das Brett, haarscharf an den gelben Männchen vorbei. Dieses Mal war es eine Drei und Anita konnte die Figur ins Haus des Vaters zurückbefördern. Jetzt nahm sie einen kräftigen Schluck vom Bordeaux, ließ ihn aber nicht durch die Kehle rinnen, sondern schluckte ihn hastig hinunter.

Der alte Mann wiegte den Kopf. »Das ist unfair. Ich war fast im Ziel.«

»Dir hätte eh noch eine Figur gefehlt und bis dahin hätte ich dich gehabt.«

»Niemals! Blau ist die falsche Farbe. Du entscheidest dich immer für die falsche.«

Anita schluckte, stellte das Glas ab und sah, wie der Vater fast beschwörend den Würfel anstarrte. Etwas war anders als sonst.

Anita wusste nicht, ob es der Blick des alten Mannes war, mit dem er heute die gelben und blauen Männchen fixierte oder seine kralligen Finger, die ständig auf eine ihrer Figuren zu zeigen schienen.

Anita hatte das Gefühl, es sei besser zu gehen, sich nicht weiter auf das Spiel einzulassen. Aber sie blieb sitzen, sah gebannt zu, wie ihr Vater den Würfel langsam aus der Faust gleiten ließ. Eine Sechs. »So, meine Liebe. Ich werde siegen. Wie immer.«

Der alte Mann hielt den Kopf schief wie ein Adler, der seine Beute anvisiert. Die Finger packten den Würfel. Er umschloss ihn mit beiden Händen, schüttelte sie, spuckte auf die Daumengelenke und schmetterte den Würfel dann mit Schwung über den kleinen Tisch. An der Kante blieb er liegen. Eine Fünf.

Mit den Nägeln fasste der Alte den Kopf des Männchens und hüpfte von einem Feld zum nächsten. »Eins, zwei, drei, vier, fünf!« Er grinste. Breit und siegessicher. Wie er sein ganzes Leben gegrinst hatte. Dann ließ er den Wein im Glas kreisen, hielt ihn gegen das Licht. Er sah zufrieden aus, als er bemerkte, dass Anita sich fast verschluckte. »Du wirst verlieren. Alle Tage hast du verloren«, krächzte er. Anita verlor wirklich immer, aber bislang hatte sie das nie gestört. »Es ist nur ein Spiel, Papa!«

»Spiel. Leben. Es ist alles gleich, Kind«, grunzte der alte Mann. Er ließ den Würfel fallen und schaffte es, mit dem dritten Männchen ins Ziel zu kommen.

»Wieder eine Eins«, sagte Anita. »Ich muss los.«

»Dein Haus ist leer. Es wartet keiner«, sagte ihr Vater. »Du hast nur mich. Und das Spiel.«

»Vater«, setzte Anita an, sprach dann aber nicht weiter.

»Die einen gewinnen, die anderen verlieren. Denk nur an Robert. Aber du wolltest ja nicht hören.«

»Hör mit Robert auf«, flüsterte Anita.

Ihr Vater würfelte. »Sechs!« Jetzt gluckste der Bordeaux in seiner Kehle. Es hörte sich an wie ein leises Lachen, das den Kehlkopf noch nicht verlassen wollte. Er knallte die Figur lautstark auf das Brett. »Und fünf! In Riesenschritten!«

Anita schwieg. Sie kam nach dem Würfeln direkt vor dem gelben Männchen zum Stehen. Der Blick ihres Vaters fixierte die Figur. Ohne hinzusehen, ließ er den Würfel rollen und – es kam die Eins!

»Gewonnen! So gut wie«, grinste er, hielt kurz inne, damit er das leichte Klimpern der fallenden Figur genießen konnte. »Blau ist geschlagen! Hab ich doch gesagt. Du stehst immer auf der falschen Seite. Du hättest dich damals für mich entscheiden sollen. Das Leben ist ein Spiel. Ärgere dich nicht! Nur einer kann gewinnen.«

Ein vorsichtiges Begreifen ließ Anita innehalten. Sie sah ihren Vater an, schüttelte den Würfel in der Hand und ließ ihn auf den Tisch gleiten. Er fiel wieder herunter, blieb aber dieses Mal auf dem glatten Boden liegen.

»Das gilt, Vater. Manchmal muss man auch Glück haben!«

»Glück? Alles ist planbar. Und was nicht, wird planbar gemacht.«

»Glück, Vater! Eine Sechs.« Anita beschloss zu bleiben und die Sache zu Ende zu bringen. Heute wollte sie gewinnen.

»Du wirst scheitern. Kurz vor dem Ziel. Wie immer. Denk an die geplatzte Hochzeit! Er hatte Schulden. So viele Schulden!«

»Und du hast …« Anita griff nach dem Würfel.

Der Vater nahm ihn ihr aus der Hand und kullerte ihn über das Braun des Tisches. »Du bist nicht dran, Mädchen! Eine Vier«, sagte er zufrieden. Dieses Mal war das Lachen ein Stück höher zu hören. »Du trinkst ja gar nichts …«

»Vater! Was hast du getan?« Anita fasste nach seiner Hand.

»Ich habe die Schulden getilgt. 20 000 Euro und weg war er.«

Der alte Mann machte mit seiner Spucke eine Blase, die so groß war, dass Anita das Gesicht wie durch eine Scheibe betrachten konnte.

»Du hast ihn gekauft?«

»Du hattest ein neues Spiel begonnen. Ich habe die Regeln dazu gemacht«, kicherte er und griff wieder nach dem Glas. »Prost!«

Anita würfelte eine Fünf. Das Spiel war alt und schäbig. Es war ihr noch nie so bewusst gewesen. Ihr Vater kam nun nur in kleinen Schritten vorwärts. Anita hatte ihn bald eingeholt.

»Du hast keine Chance!«, sagte er. »Ein letztes Aufbegehren und das war es. Bis zum Aufgebot geschafft und dann verloren.«

Anita würfelte wieder. Ihr zweites Männchen hatte das Ziel erreicht.

»Das heißt nichts«, höhnte ihr Vater. Doch ihm zitterten die Augenlider. »Mir fehlt nur noch der eine.«

Anita würfelte eine Sechs und noch eine. Mit dem einen Männchen warf sie ihren Vater hinaus. Jetzt tat es ihr gut, das Fallen der Figur zu hören.

Der alte Mann konzentrierte sich stark auf die nächsten Würfe, die er verbissen ausführte. Aber 'als er erkannte, dass auch sein stärkster Wille das Glück im Spiel nicht beeinflussen konnte, gruben sich seine Schneidezähne tief in die Unterlippe. Dazu umkrallten seine Finger die Spielfiguren so fest, als könne er sie allein damit bewegen, das Spiel für sich zu entscheiden.

Es war heute kein normales Spiel. Keiner der beiden sprach es aus. Keiner verlor ein Wort darüber.

Der alte Mann konnte das Haus erst verlassen, als Anita ebenfalls drei Männchen im Ziel hatte. »Gleichstand, Vater. Absoluter Gleichstand!«

»Das geht nicht«, raunte er. »Gleichstand gibt es nicht im Leben. Einer gewinnt immer.«

Es war still. Ihr Atem wehte lautlos durch den Raum. Es ging um alles. Die Zahlen wurden eins mit den Figuren, die Zeit umwickelte Anita und den alten Mann. Einer würde Glück haben und gewinnen. Nur einer. Die Entscheidung würde fallen. Gleich und hier. Blau oder Gelb.

Gelb oder Blau. Ihr Vater war schneller, würde es wieder schaffen. Wie er es stets geschafft hatte. Für 20 000 Euro verkauftes Glück.

Anitas Blick fiel auf den Briefbeschwerer, ihr Weihnachtsgeschenk an ihn. Sie sah in Gedanken noch die kleine Karte mit der Aufschrift »Für meinen lieben Papa« daran hängen.

Wie lange hatte sie nach dem Schmuckstück gesucht. Es sollte schwer sein und gut in der Hand liegen. Aber dabei nicht klobig oder protzig sein. Stilecht, dem Vater angemessen. Der alte Mann beugte sich über seine Hand und würfelte. »Glück ist planbar! Gewonnen! Gewonnen, wie immer!«, jubelte er noch, als er auf das Spielbrett fiel und seine Figuren die Farbe wechselten.

aus »Mörderisch«, Web-Site-Verlag, Ebersdorf 2005

Christiane Franke

DER TOD KOMMT NACH HOOKSIEL

»Scheißwetter«, schimpfte Kriminaloberkommissarin Oda Wagner, als sie auf dem Parkplatz am Hooksieler Hafen hielten. Es goss wie aus Kübeln an diesem Septembermorgen und der sonst idyllische Hafen wirkte trostlos. Nur ein Kutter, dessen Tauwerk im Wind schlenkerte, und ein paar kleine Segelboote lagen vertäut an der Kaimauer.

Oda zog sich die Kapuze ihrer Regenjacke über den Kopf. »Auf in den Kampf, Nieksteit«, sagte sie zu ihrem Kollegen und öffnete die Tür. Sie liefen am *Packhaus* vorbei in den schmalen Weg, der zum Deich führte. Rot-weiße Bänder versperrten Unbefugten den Zutritt. Linker Hand schützte eine alte rote Flutmauer die dahinterliegenden Häuser vor neugierigen Blicken, und Unkraut hatte sich zu beiden Seiten des ausgetretenen Steinwegs breit gemacht.

Nieksteit konnte wie üblich nicht mit Oda Schritt halten sondern trottete wie ein treuer Hund hinterher. Mit seiner roten Mähne erinnerte er ein wenig an Pumuckel, nur, dass ihm dessen Elan fehlte.

»Und ich will übermorgen nach Spiekeroog. Da wird es wohl nichts mit stundenlangen Spaziergängen.« Oda schüttelte den Kopf.

»Na, erst mal müssen wir uns um die Leiche kümmern.

Vielleicht fällt Spiekeroog für dich ja sowieso flach.«
Nieksteit grinste.

»Das hättest du wohl gern.«

Im Gang herrschte reges Treiben. Die Kollegen der Kriminaltechnik suchten in ihren weißen Schutzanzügen die Umgebung nach Spuren ab. Bei einem kleinen, runden Weißgekleideten blieb Oda stehen. »Na, Gerd, alles im Griff?«

»Klar. Dr. Krüger ist fast fertig, die Digitalfotos könnt ihr gleich mitnehmen, nur die fotogrammetrische Untersuchung ...«, Gerd Manssen, Chef der Kriminaltechnik, hob die behandschuhten Hände.

»Ich weiß. Die dauert noch.« Oda nickte und zog sich ebenfalls Einmalhandschuhe über, die sie aus ihrer Jackentasche nahm. »Was hat der Doc gesagt?«

»Erdrosselt.«

»So. Dann geh ich am besten mal rüber.« Oda stieg über einen Arbeitskoffer und drängte sich an zwei Kollegen vorbei. Die Leiche lag am Ende des Weges unter einer Kastanie inmitten von Brennnesseln.

»Und?«, fragte sie. Der Arzt drehte sich um. An seinem haarlosen Kopf liefen Regenspuren hinunter, die knallrote Jacke wirkte fehl am Platz.

»Erstickt durch Abklemmung der Karotiden.«

»Also erdrosselt.«

»Genau. Der Mann wurde erdrosselt.« Dr. Krüger kniete sich neben das Opfer und deutete auf dessen Hals. »Die Drosselmarke ist zwar nicht ganz so ausgeprägt, doch sehen Sie hier die Punktblutungen? Ich schätze, bei der Obduktion werden sich Blutungen in der Halsmuskulatur und Brüche des Kehlkopfskelettes zeigen. Die Lederkette, die er trägt, war auf keinen Fall das Tatwerkzeug, die hätte deutlichere Spuren hinterlassen.«

»Na klasse.« An Details war Oda im Moment nicht interessiert. »Wie sieht's denn mit der Todeszeit aus?«

»Tja, anhand der Livores und des Rigor Mortis …«

»… der Leichenflecke und der Totenstarre … Ich bin's nur, Dr. Krüger, ist sonst keiner da, den Sie beeindrucken müssen.« Oda verlor langsam die Geduld. Dieser arrogante Schnösel. Zwei Mal schon hatte sie ihn an Tatorten getroffen und jedes Mal warf er mit seinem Fachchinesisch herum, als ob die Beamten keine Ahnung hatten. Wichtigtuer. Oda nahm an, dass er sich die Glatze nur hatte rasieren lassen, um seriöser und älter zu wirken, bei dem Milchbubigesicht würde man ihn sonst glatt für einen Studenten halten.

Krüger lachte kurz auf. »Ja ja, ich weiß schon. Sehen Sie es mir nach, ich bin von jeder Leiche fasziniert.«

Wirklich Arschloch, dachte Oda. Jede Leiche war bis kurz vor deinem Erscheinen ein normaler Mensch.

Doch sie fragte nur: »Also?«

»Also. Ich gehe davon aus, dass er zwischen vier und sieben Stunden tot ist. Die Starre der Beine hat noch nicht eingesetzt.« Zum Beweis hob er den Fuß des Opfers an und ließ ihn unsanft wieder sinken. »Genaueres sage ich Ihnen nach der Obduktion.« Krüger packte seine Sachen zusammen.

»Okay.« Oda kniete sich neben den Toten, wobei sie auf dem Weg blieb, um keine Abdrücke zu hinterlassen. Der Mann lag nur knapp neben den ausgetretenen Steinen, direkt neben einem Hundehaufen zwischen Brennnesseln und Gras. Er musste Ende sechzig sein. Seine gesamte Erscheinung wirkte gepflegt, die Hände ließen vermuten, dass er nicht körperlich gearbeitet hatte. Schreibtischarbeit vielleicht. Oder Dozententätigkeit. Oder Arzt? Oda verzog die Mundwinkel. Etwa Pathologe? Sie betrachtete die Lederkette, von der Krüger gesprochen hatte. An dem abgenutzten Band hing ein schweres silbernes Kreuz mit einem roten Stein in der Mitte. Passte eigentlich überhaupt nicht ins Bild. Ohne sich abzuwenden, rief sie: »Hat schon jemand seine Personalien?«

Nieksteit stieg über die Hindernisse der Spurensicherung näher, seinen kleinen Schreibblock columbomäßig in der Hand, den Stift hinterm Ohr.

»Ja, er hatte das Portemonnaie in der Gesäßtasche. Alexander Janßen, wohnhaft in Hooksiel, Alten Deich. Ist, äh, war vierundsiebzig Jahre alt.«

»Ist schon jemand zu seiner Wohnung unterwegs?«

»Ja, Schmidt.«

»Wer hat ihn gefunden?«

»Ein Hundebesitzer. Der macht hier jeden Morgen um sechs die Runde. Viel hat er nicht zu berichten, nur, dass er bei seinem letzten Rundgang gestern Abend um halb elf noch über keine Leiche gestolpert ist. Er wohnt gleich hier«, Nieksteit zeigte auf ein graues Putzhaus direkt hinter der Hecke.

»Krüger hat etwas von einem Strangwerkzeug gesagt. Habt ihr das schon gefunden?«

»Bisher nicht. Jede Menge Müll; du glaubst ja gar nicht, was die Leute so alles in die Botanik schmeißen, aber kein Seil, Tau oder sonst was. Die von der Spurensicherung werden noch einige Zeit zu tun haben, bevor sie was finden. Wenn sie etwas finden.«

Wie auf Kommando trat Manssen auf sie zu. »Also, wenn es euch nichts ausmacht, wir hätten jetzt gern das Feld für uns. Ich melde mich übers Handy, wenn wir hier fertig sind.«

»Tja, dann wollen wir mal.« Oda öffnete die schmiede-
eiserne Pforte. Das Haus Janßens lag ein Stück zurück. Die
grauen Kieselsteine des Weges knirschten, als sie zur Tür
gingen. Dahlien und Herbstastern blühten, ein Reiher aus
Findlingen und Metall spie Wasser in einen kleinen Teich.
Nur wenige Sekunden, nachdem sie geklingelt hatten,
wurde die Tür von einem Kollegen in Uniform geöffnet.

»Da sind Sie ja, Frau Wagner.«

»Moin, Schmidt.«

»Kommen Sie rein. Ich habe die Tochter informiert,
Esther Janßen, sie ist rübergekommen und sitzt im Wohn-
zimmer. Eine Ehefrau gibt's nicht mehr.«

Nieksteit und Oda folgten Schmidt durch eine kleine
Diele in den Wohnraum, in dem eine Frau von Ende
zwanzig in Jeans und rotem Strickpulli am Fenster stand.
Schmidt übernahm die Vorstellung. Nachdem sie sich
gesetzt hatten, fragte Oda: »Frau Janßen, haben Sie eine
Ahnung, wer Ihren Vater getötet haben könnte?«

»Nein.« Offenkundig hatte sie noch nicht begriffen, was
geschehen war. »Ich meine, warum soll jemand meinen Vater
umbringen? Er hat seit dem Tod meiner Mutter zurückgezogen gelebt, da war nichts Besonderes. Sicher, er war ein
Sturkopf, aber ist das ein Grund, ihn umzubringen? Nein,
ich kann Ihnen nichts sagen. Vielleicht war er das Opfer
eines Überfalls?«

»Unwahrscheinlich. Denn er hatte seine Papiere und auch
sein Geld noch dabei. Überfallopfer werden ausgeraubt.«

»Aber, warum dann? Was hat jemand davon, meinen
Vater zu … töten?« Esther Janßen wischte sich mit dem
Handrücken die Tränen ab.

»Tja, das ist die Frage.« Oda stand auf. »Vielleicht fällt
Ihnen ja noch etwas ein, Frau Janßen, ich lasse Ihnen meine
Karte hier, Sie können mich jederzeit anrufen.«

»Komische Tante, die Tochter«, sagte Nieksteit, als sie zurück in Wilhelmshaven im Besprechungszimmer der Polizeiinspektion saßen. Außer Oda und Nieksteit waren der Leiter der Polizeiinspektion, Hauptkommissar Siebelt, und Gerd Manssen anwesend.

»Tja, viel hat sie uns wirklich nicht sagen können.« Oda malte Männchen auf ihren Notizblock, »ist vielleicht noch der Schock.« Sie wandte sich an Manssen. »Habt Ihr schon mehr? Irgendwelche verwertbaren Spuren? Das Tatwerkzeug?«

Manssen schüttelte den Kopf. »Wir haben alles eingesammelt, was rumlag – außer der Hundescheiße – aber einen klaren Hinweis haben wir noch nicht.«

»Fingerabdrücke?«

»Keine. Die Sachen des Opfers werden gerade untersucht, vielleicht werden wir da ja fündig. Faseranhaftungen oder Ähnliches. Unter den Fingernägeln des Toten haben wir aber etwas gefunden. Wird gerade ausgewertet.«

»Steht der Termin für die Obduktion schon fest?« Der korpulente Siebelt sah Oda über seine randlose Brille an.

»Heute Nachmittag. Krüger rief gerade an und meinte, er könne die Sache vorziehen.«

»Gut. Wer von euch ist dabei?«

»Nieksteit. Ich war das letzte Mal dran. Um eine Obduktion reiße ich mich nicht gerade.«

»Na ja.« Siebelt hievte sich von seinem Stuhl. »Ich muss dann jetzt, habe noch einen Termin außer Haus.« Oda blickte Siebelt hinterher. Ständig hatte er außer Haus Termine, sie wunderte sich, wie er es dennoch schaffte, nicht nur alles zu koordinieren, sondern auch stets informiert zu sein.

Ein paar Stunden später lag Oda gemütlich auf der Couch. Sie hatte ein Gläschen Rotwein und ein Brot mit Käse vor sich, als ihr das Kreuz wieder einfiel. Das passte eindeutig nicht ins Bild. Mist, warum hatte sie nicht daran gedacht, Esther zu fragen. Sie griff zum Telefon.

»Janßen«, hörte sie die verschniefte Stimme am anderen Ende der Leitung.

»Wagner. Frau Janßen, ich hab' da noch mal eine Frage«, sagte Oda. »Besaß Ihr Vater ein silbernes Kreuz mit rotem Stein in der Mitte?«

»Ja. Es hängt in seinem Schlafzimmer.«

»Er hat es nicht getragen?«

»Nein, nie.«

»Merkwürdig. Als er gefunden wurde, trug er es. Wissen Sie, wo er es her hat? Es scheint so gar nicht zu ihm zu passen.«

»Keine Ahnung. Es hängt da, seit ich denken kann. Und getragen hat er es wirklich nie. Aber ich habe ihn auch nie danach gefragt.« Esther Janßen stockte einen Moment. Als sie weitersprach, weinte sie.

»Wissen Sie, Frau Wagner, man meint immer, man hätte alle Zeit der Welt. Nichts könnte passieren und alles würde immer so weiterlaufen. Schließlich war mein Vater ja erst Mitte siebzig. Wer rechnet da mit dem Tod? Wir haben uns in letzter Zeit öfter mal gestritten. Wegen der Kinder. Er meinte, ich ginge nicht hart genug mit ihnen um. Und er hätte bei seinem Zwillingsbruder gesehen, wohin das führt. Den habe ich aber nie kennengelernt, er ist schon lange vor meiner Geburt gestorben. 1972 oder so. Ich habe meinem Vater immer wieder gesagt, dass es heute anders ist mit den Kindern, aber er wollte nicht verstehen. Hätte ich ihn doch einfach nur reden lassen.« Das Weinen wurde heftiger. »Unser letztes Treffen endete nicht so harmonisch. Und nun kann ich ihm nicht mehr sagen, wie lieb ich ihn habe.«

»Frau Janßen.« Oda griff zu ihrem Weinglas, trank einen Schluck und ließ Esther noch einen Augenblick weinen.

»Können Sie morgen um halb neun in der Wohnung Ihres Vaters sein? Ich möchte gern noch einmal kommen.«

Als Oda den Hörer auflegte, dachte sie erneut an das Kreuz. Warum hatte Janßen es am Mordabend umgehabt? Sie nahm ihr Glas, schenkte es noch einmal voll und ging an ihren PC.

»Ja, und dann habe ich die halbe Nacht im Internet recherchiert«, sagte Oda am nächsten Morgen zu Nieksteit und Siebelt, als sie bei Kaffee und Keksen im nüchtern gehaltenen Besprechungsraum zusammensaßen. »Herausgekommen ist Folgendes: Es gab in den Sechzigern eine kleine Sekte, die ›Kinder Gottes‹, deren Anhänger ein silbernes Kreuz mit rotem Stein trugen. Der Anführer nannte sich Daniel, was so viel wie ›Gott richtet‹ heißt. Anfang der Siebziger löste sich die Sekte auf, als Daniel überraschend verschwand.«

»Du meinst, hier könnte das Motiv liegen?«, fragte Siebelt.

Oda nickte. »Ich bin sicher. Die Tochter sagte, Janßen hätte das Kreuz nie getragen. Und doch hatte er ein Kreuz um. Aber es war nicht das, von dem Esther Janßen sprach. Das hing ordentlich dort, wo es immer hing. Also haben wir hier einen klaren Hinweis. Und nebenbei«, triumphierte Oda, »gab es im Safe ein altes Tagebuch. Geführt von Daniel. Ich habe es den Kollegen der KT gegeben, damit auch wirklich alle Zweifel ausgeräumt werden. Also?«

»Na ja«, meinte Siebelt, »zumindest hätten wir die Vergangenheit des Herrn Janßen geklärt. Aber ob nach so vielen Jahren dort noch das Motiv zu finden ist?«

»Genau das werden wir jetzt herausfinden, Chef. Die bisherigen Ergebnisse der Kriminaltechnik hab ich in der Tasche. Janßen hatte Partikel schwarzen Leders unter seinen Fingernägeln. Er hat sich gewehrt, also wird es irgendwo eine Lederjacke oder Ähnliches geben, an der Abwehrspuren zu finden sind. Wenn ich die ›Kinder Gottes‹ ins Zentrum der Tat stelle, dann wird der Mörder kein Hooksieler sein, sondern ein Kurzzeitgast, der nur für diesen Mord an die Küste gekommen ist. Mit den Hooksieler Hotels hat Nieksteit schon telefoniert, dort gibt es nur eine Person, die in Frage käme. Und die knöpfen wir uns jetzt mal vor.«

»Na, dann wollen wir mal hoffen, dass du wirklich den richtigen Riecher hast. Sonst fangen wir wieder ganz von vorne an.« Nieksteit warf ihr vom Beifahrersitz des Dienstpassats einen schrägen Blick zu.

»Klar, positiv denken,« Oda verließ die Bundesstraße und musste die Geschwindigkeit drosseln, denn im Hooksieler Ortskern war Tempo 30 vorgeschrieben. Wieder parkten sie auf dem Parkplatz am alten Hafen, der heute ein angenehmeres Bild bot. Der Himmel war zwar bewölkt, aber bestimmt würde es nicht lange dauern, bis die Sonne zum Vorschein kam. Oda lächelte, als sie an den bevorstehenden Spiekeroog-Aufenthalt dachte. Es versprach bestes Inselwetter zu werden. Nicht zu warm, nicht zu kalt, ein wenig Sonne, genau richtig für lange Spaziergänge an der Wasserkante.

Sie liefen durch das Sieltor auf die Hauptstraße, bogen links ab und sahen an der kleinen Kreuzung gegenüber das Hotel *Alte Schneiderei*. Rötliches Weinlaub rankte vom Boden bis an den Giebel. Durch die dunkle Holztür betraten sie das Innere, zückten ihre Dienstausweise und stellten sich vor.

»Wir haben telefoniert«, sagte Oda, »es geht um den Gast, der seit drei Tagen hier wohnt. Die Person hat das Hotel doch noch nicht verlassen?«

»Nein«, sagte die junge Rezeptionistin, »doch vorhin bat mich Frau Hugendorf, die Rechnung fertig zu machen.«

»Na, dann kommen wir ja gerade richtig«, meinte Nieksteit.

»Welche Zimmernummer?«, fragte Oda.

»Einhundertdreizehn. Erster Stock.«

»Kripo Wilhelmshaven«, sagte Oda, als sich die Zimmertür auf ihr Klopfen hin öffnete.

Vor ihnen stand eine große dunkelhaarige Frau, deren Kurzhaarschnitt männlich gewirkt hätte, wären nicht der grellrote Lippenstift und das schwarz-weiße Tweedkostüm gewesen. Oda musste ein wenig zu der Frau aufblicken, obwohl sie mit ihren ein Meter siebzig auch nicht gerade klein war.

»Frau Hugendorf?«

»Ja?« Verärgert trat die Frau zurück. Oda und Nieksteit folgten. Auf dem ungemachten Hotelbett lag ein halb geschlossener Koffer, ein schwarzer Ledermantel war achtlos danebengeworfen.

Bingo, dachte Oda, sagte jedoch: »Sie wollen Hooksiel schon verlassen?«

»Ja, ich habe meine Angelegenheiten hier erledigt.«

»Die Angelegenheit Janßen?« Oda steckte die Hände gelassen in ihre Jackentasche. Aus den Augenwinkeln nahm sie Nieksteits zustimmendes Nicken wahr.

»Was …? Wie …?« Frau Hugendorf wirkte irritiert. Ihre Hände spielten mit einem weißen Seidenschal.

»Frau Hugendorf, ich nehme Sie fest unter dem dringenden Verdacht, vorletzte Nacht Alexander Janßen ermordet zu haben.«

»Wie bitte?« Der Ärger gewann Oberhand, der Schal wurde auf den Koffer geworfen..

»Frau Hugendorf, jegliches Leugnen ist zwecklos.« Oda ging zum Bett, nahm den Mantel und hielt der Frau die

Ärmel entgegen, auf denen deutliche Kratzspuren zu sehen waren.»Die kleinen Partikel, die hier fehlen, haben wir unter den Fingernägeln des Toten gefunden. Es wird eine Kleinigkeit sein, diese Spuren Ihrem Mantel zuzuordnen. Und dies …«, Oda ließ den Mantel aufs Bett zurückfallen und deutete auf den Seidenschal, »dies wird wohl das Tatwerkzeug sein. Warum musste Alexander Janßen sterben, Frau Hugendorf?«

Im Gesicht der Dunkelhaarigen arbeitete es. Dann verschränkte sie die Arme vor der Brust und trat zum Fenster. Genau in dem Moment, als Eva Hugendorf sich zu Oda und Nieksteit umdrehte, kam die Sonne durch die Wolkendecke und ließ die Gestalt am Fenster erglühen wie auf einem alten Gemälde.

Ihre Stimme war voller Zorn, als sie anfing zu sprechen: »Alexander Janßen? Ich habe keinen Alexander Janßen umgebracht. Ich habe Daniel getötet. Den Sektenführer Daniel, der meiner Mutter und mir alles genommen hat. Lange hat es gedauert, ihn aufzuspüren, aber nun habe ich es geschafft.«

Ihre Gestalt straffte sich. »Ich war noch ganz klein, als mein Vater Daniel über den Weg lief. Dieser hinterhältige Pseudopriester! Mein Vater hatte kurz zuvor geerbt. Nicht unerheblich geerbt. Er war jung und unerfahren und ließ sich schnell von Daniel einwickeln. Meine Mutter war beunruhigt, doch Daniel gewann immer mehr Einfluss auf meinen Vater. Meine Eltern entfremdeten sich, letztlich tat und sagte mein Vater nur Dinge, die Daniel ihm eingetrichtert hatte. Er überschrieb Daniel alles, was er besaß – und kam kurze Zeit später unter ungeklärten Umständen ums Leben. Ich weiß, dass Daniel dahintersteckte.« Sie atmete tief durch. »Unser Leben änderte sich drastisch. Jeden Abend drückte meine Mutter mir das Silberkreuz, das mein

Vater von Daniel bekommen hatte, und das er seitdem immer trug, in die Hand. Statt eines Schlafliedes bekam ich zu hören: ›Das alles hat Daniel uns angetan. Daniel ist schuld, dass wir so leben müssen.‹ Zwei Jahre lang. Dann hat meine Mutter sich aufgehängt. Verstehen Sie?« Die Die Frau schrie nun. »Daniel hat mir nicht nur den Vater genommen, nicht nur eine gesicherte Existenz, er nahm mir auch noch die Mutter!« Dann verstummte sie kurz, um etwas ruhiger fortzufahren: »Der einzige Gedanke, der mich seit meiner Kindheit beherrschte, war Rache. Rache an Daniel. Irgendwann habe ich angefangen, ihn zu suchen. Es hat lange gedauert, er hatte seine Spuren gut verwischt. Doch ich habe ihn gefunden.«

»Und da haben Sie …«

»Der Rest war nicht schwer. Ich bat ihn telefonisch um ein Gespräch, doch er weigerte sich. Ich würde mich irren, sagte er. Da stand mein Entschluss fest. Ich habe mich hier einquartiert und ihn zwei Tage lang beobachtet. Jeden Abend um elf machte er einen Spaziergang. Ging immer den gleichen Weg. Es war ganz leicht. Ich habe mich ihm in den Weg gestellt, ihn angesprochen. Wieder hat er gesagt, es handle sich um einen Irrtum. Als ich jedoch das Kreuz herauszog, sagte er nichts mehr. Da habe ich meinen Schal genommen und, nun ja, den Rest kennen Sie.« Nicht eine Spur von Bedauern lag in ihrer Stimme.

Als sie mit Eva Hugendorf auf dem Rücksitz Richtung Wilhelmshaven fuhren, klingelte Odas Handy. Manssen war am Apparat.

»Oda, wir haben das Tagebuch und die Kreuzkette aus Janßens Haus untersucht. Das Tagebuch stammt eindeutig nicht aus seiner Feder, wohl aber wird Alexander beiläufig erwähnt. Sektenführer Daniel war Alexander Janßens Zwillingsbruder.«

Regine Kölpin

Janosch

Der Kater lag am Boden und räkelte sich auf dem verblichenen Flokati. Seine Augen starrten ruhig, fast überheblich auf Detje, die dabei war, das Teewasser in die Kanne zu gießen. Sie stellte zwei filigrane Tassen auf den Tisch, die an den Innenrändern schon einen bräunlichen Rand aufwiesen.

Tjark stolperte in die Küche und brachte den süßen Duft der Kühe, vermischt mit der steifen Brise der Nordsee, mit sich. »Ist diesig draußen«, sagte er. »Man kann nicht mal bis zum Dorf sehen.«

»Ich habe Tee fertig. Kannst dich aufwärmen«, sagte Detje. Tjark nahm sich einen Kluntje und legte ihn in die Tasse. Es knackte, als der Tee darüberlief. Mit dem Sahnelöffel ließ er kleine Wölkchen in die Tasse fallen. Dann griff er nach den Keksen. Einige Krümel fielen auf den Boden, was den Kater veranlasste, sich zu erheben und schnurrend an Tjarks Knie zu reiben.

»Der Kater ist vorhin über Jansens Katze gestiegen. Die bekommt jetzt bestimmt wieder Junge!«, sagte Detje. »Und ich den Ärger.«

Tjark grunzte nur. »Hat Janosch halt seinen Spaß gehabt.« Er schob die Tasse ein Stück weg und streichelte das Nackenhaar des Tieres. »Bist eben ein echt wilder Kerl, was?«

Detje schüttelte den Kopf und als Tjark sich aufrichtete,

trat sie heimlich nach dem Hinterteil des Katers. Der wich aus, stellte seinen buschigen Schwanz kerzengerade auf und legte sich wieder auf den Teppich, von wo er Detje nicht aus den Augen ließ.

»Der Kater hat im Schlafzimmer mal wieder das Lampenkabel zernagt«, beschwerte sie sich weiter und stellte ihre Tasse so hektisch ab, dass der Tee überschwappte. »Und jetzt guckt er so, als ob er mich belauert. Nala geht ihm auch schon aus dem Weg.«

Nala war Detjes Katze, schon recht betagt, und den wilden Liebesspielen des jungen Katers nicht mehr gewachsen.

Tjark stand auf und holte die Katzenfutterdose aus dem Kühlschrank. »Ich geh melken und Janosch füttern«, sagte er. Die Tür fiel laut scheppernd hinter beiden zu.

Detje zuckte kurz zusammen und fuhr mit dem Zeigefinger einer tiefen Kerbe nach, die Janosch in der letzten Woche in die Tischplatte gekratzt hatte.

Tjark bohrte seine knollige Nase in das weiche Fell des Katers. Er liebte dieses Tier. Janosch war ein Glückskater mit den gelben Augen und dem kurzen Fell eines Karthäusers. Er hatte sich Tjark als Herrchen einfach ausgesucht, eines Abends, als der sich von der Kneipe aus quer durch den Ort auf den Rückweg machte. Tjark wollte am Deich zurücklaufen, in der Hoffnung, seine Fahne würde vom Nordseewind ein bisschen weggepustet. Aber als habe er auf Tjark gewartet, war der kleine Kater hinter der Bäckerei an der Ecke aufgetaucht und hatte sich an seine Fersen geheftet. Tjarks Versuch, ihn zu verscheuchen, war ebenso gescheitert wie der, die ganze Dorfstraße zurückzulaufen. Schließlich hatte er sich mit seinem dunen Kopf auf dem Spielplatz des Kindergartens versteckt, doch auch da hatte der Kater ihn aufgestöbert. Und so waren sie zusammengeblieben.

Tjark gab den Inhalt der Dose in Janoschs Fressnapf. Der Kater schlang das Fressen in sich hinein und rannte davon. Er würde jetzt wieder auf Brautschau gehen. Nur bei Nala fing er sich immer wieder eine blutige Nase ein. Sie wollte ihn nicht.

Tjark seufzte. Die Damen in seinem Haus waren in der Beziehung einfach schwierig. Detje erwartete nach fünfundzwanzig Ehejahren tatsächlich noch ein angemessenes Werben, was ihm aber einfach zu viel war. So fuhr Tjark hin und wieder in die Etablissements, in denen er ohne viel Brimborium das bekam, was er brauchte.

»Ich geh noch was trinken«, sagte Tjark zu sich und freute sich auf ein Bier mit seinen Kumpels.

Detje sah Tjark in der Dunkelheit verschwinden. Er hatte sich nicht einmal verabschiedet. Seit dieser Kater sich hier eingeschlichen hatte, war alles anders geworden. Tjark verschwand immer häufiger, ohne zu sagen wohin. Und ihre Nala traute sich kaum noch ins Haus, weil Janosch dort sein lautes, bedrohliches Geschnurre hören ließ.

Dieser Kater war einfach unmöglich. Des Nachts streifte er umher und beglückte die Katzendamen.

Tjark fand Janosch deswegen sehr potent. Vielleicht war er so stolz auf ihn, weil ihm die Produktion von eigenen kleinen Tjarks versagt geblieben war; so sehr er sich damals auch angestrengt hatte.

Detje begann den Keksteig zu kneten. Das Rezept war noch von Tjarks Mutter und er bestand darauf, dass sie genau diese Sorte buk.

In der Kneipe war es verqualmt und stickig. Tjark trank ein paar Bier und bestellte sich dann ein Taxi. Es trieb ihn nichts nach Hause. Ihm zog es arg in den Lenden, er sehnte sich nach großen roten Mündern und leicht bekleideten Schenkeln.

Der Taxifahrer wünschte ihm noch viel Spaß und sagte, dass er ihn beneide. Tjark grinste nur, und als sich die Tür des Bordells hinter ihm schloss, versank er in dem schummrigen Licht und dem Gefühl, genau die göttliche Potenz zu haben, die Detje seinem Kater zusprach. Tjark ließ den Schampus in seinem Mund kreisen und genoss die weiche Haut, die ihn umschmeichelte.

Der Parfumgeruch, der an Tjark haftete, war billig und unerträglich. Detje drehte sich auf die andere Seite, aber die penetrante Süße des Duftes schwebte erst über ihr, vermischte sich dann mit ihrem eigenen und schließlich hatte sie selbst das Gefühl, ein Teil dieser billigen Wolke zu sein.

Tjark hurte also genauso herum wie sein Kater; den Verdacht hegte sie seit einiger Zeit. Und sie lag hier, allein, und versuchte, alles in der Spur zu halten, ihm sein Leben so angenehm wie möglich zu machen. Detjes Herz schlug ein bisschen schneller, fand den richtigen Takt nicht mehr. Tjark hatte eine furchtbare Fahne und schnarchte. Er bemerkte nicht, dass sich in Detjes Gesicht kleine salzige Bäche den Weg suchten.

»Ich habe Bauchschmerzen«, stöhnte Tjark am nächsten Morgen.

»Kommt vom Alkohol und …«, sagte Detje. »Da wirst du wohl auch mal anderen Tee trinken müssen als sonst.«

Sie brühte eine Spezialmischung auf, die sie in der letzten Woche in der Mühle, auf einem Ökomarkt gekauft hatte.

»Janosch Katertee«, lächelte sie und fand es passend, dass Tjark nun den Tee trinken musste, der nach seinem vermaledeiten Kater benannt war.

»Was ist denn das?« Tjark spuckte den Tee in die Tasse zurück.

»Rooibos, Zitronengras, Verbene, Pfefferminze, Apfel und Orangenschale«, sagte Detje und goss sich selbst eine Tasse ein. »Nimm dir einen Keks, dann schmeckt's.«

»Widerlich. Das Zeug kann kein Mensch trinken!«

Es war nicht das erste Mal, dass Detje ihn mit sonderlichen Teesorten quälte, wenn er wieder eine Nacht durchgezecht hatte. Es war eine einfache Form der Rache, aber sie fühlte sich danach nicht mehr ganz so ohnmächtig. »So schlecht schmeckt es ja nun nicht«, lächelte sie.

Tjark würgte sich den Janosch-Tee rein. »Ich habe heute einen Termin. Bin erst am späten Nachmittag zurück.« Er nahm die Joppe vom Haken.

Detje goss sich eine weitere Tasse ein und starrte auf den Kluntje, der sich mit ruhigen Schlieren langsam auflöste. Der Kater lag vor ihr auf dem Rücken. Er spielte mit seinen Pfoten. Plötzlich hielt er inne, taxierte sie mit diesem unergründlichen Blick und erhob sich würdevoll wie ein König. Mit grazilem Schritt, den Blick starr auf Detje gerichtet, stolzierte er zum Kabel des Radios. Er schnappte danach und kaute genüsslich daran herum.

»Lass das, du Vieh!« Detje sprang auf und trat nach dem Kater. Der fuhr rasch seine Krallen aus und verkeilte sie in ihrer Perlonstrumpfhose. Detje war auf der Suche nach einem Pflaster, als es knallte, die Sicherung heraussprang und der Kater aus der Tür floh.

Tjark sah auf die Uhr. Es war schon spät, er hätte längst losfahren müssen, aber ein Gespräch mit dem Nachbarn hatte ihn aufgehalten. So fuhr er mit durchdrehenden Rädern rückwärts aus der Scheune. Gerade als er das Lenkrad einschlug, stürzte seine Frau aus der Tür.

»Was zum Teufel …« Tjark sah Detje, die sich über den leblosen schwarzen Katzenkörper unter seinem Hinterrad beugte. Vor der Scheune saß Janosch und putzte seine rechte Pfote. Das Tier blickte auf, erhob sich und schlich zurück ins Haus.

»Das war dein Kater!«, schluchzte Detje. »Er hat sie gejagt. Dieser Hurenbock!«

Tjark wollte seine Frau trösten, aber sie wischte seine Hand von ihrer Schulter, als sei sie ein Stück Dreck, das man schnell loswerden musste. »Hurenböcke, alle beide!«, sagte sie noch einmal und verschwand im Haus. Tjark klaubte Nala vom Hof und entsorgte sie in der Mülltonne.

Detje sah auf die Uhr. Tjark würde bis zum Nachmittag weg sein. Sie hatte also Zeit, würde Janosch finden, sich nicht von seinen gelben Augen durchbohren und von den schwarzen Schlitzen darin zerschneiden lassen. Dieser Kater hatte Nala auf dem Gewissen. Und er hatte Tjark auf dumme Gedanken gebracht. Sie roch noch immer diesen billigen Duft. Er klebte in ihrer Nase, hatte sich an jede ihrer Riechzellen gedockt und war nicht mehr zu tilgen. Detje holte ihr Skalpell, das sie zum exakten Filetieren des Fleisches nutzte. Sie ging in den Stall.

Der Kater schlabberte gerade die noch die kuhwarme Milch, die Tjark vor seiner Abfahrt hingestellt hatte.

Tjark war froh, dass der Termin doch schon mittags vorbei war. So konnte er noch den Schlenker am Deich entlangfahren, einen Blick über den Jadebusen werfen und die klare Herbstluft genießen. Später würde er vielleicht noch am Deichfuß entlang spazieren, den Schafen zusehen.

Die Salzwiesen lagen recht karg vor ihm, das Wasser hatte sich fast bis an den Horizont zurückgezogen. Eine kalte Brise fegte zu ihm herüber. Er sollte mit Detje mal wieder eine Radtour machen, und so versuchen, dass es mit ihnen wieder besser lief. Nur auf die anderen Damen wollte er nicht verzichten … Tjark wandte sich ab. Jetzt würde er erst noch in Ruhe ein Bier trinken gehen. Detje wartete noch nicht auf ihn und mit dem Kitten seiner Ehe konnte er auch heute Abend beginnen. In der Tasche seiner Joppe knisterte eine Vierer-Packung Ferrero-Rocher, die er in der Bäckerei erstanden hatte.

Detje saß am zerkratzten Küchentisch. Sie hielt Nalas Glöckchen in der Hand. Vor ihr lag ein Feuerzeug. Mit eindeutiger Aufschrift. Tjark hatte keine Geliebte. Er ging in den Puff und ließ sich dort bedienen. Das war ja noch schäbiger und noch billiger … Was war nur aus ihnen geworden?

Detje nahm die für Tjark frisch gebackenen Kekse und schüttete sie in den Müll. An das Rezept hielt sie das Feuerzeug und ergötzte sich an dem schwarzen Rußfleck, der den Tisch jetzt zusätzlich verunstaltete.

Die Küchenuhr schlug sieben. Als der letzte Ton verklang, stand ihre Entscheidung fest. Sie würde Tjark verlassen. Detje nahm den alten Lederkoffer und packte.

Wieder zu Hause, suchte Tjark gewohnheitsmäßig erst den Stall auf. Die Kühe hatte Detje gemolken, alles in Ordnung. Janosch kam ihm kläglich maunzend entgegen. Er wich ihm nicht von der Seite, leckte sich zwischen den Beinen und lief so komisch. Tjark nahm den Kater auf den Arm und ging zum Haus. In der Diele stolperte er über den Koffer.

Detje war noch oben und packte. Sie würde zunächst zu ihrer Schwester ziehen. Mit ein bisschen Abstand hätte sie ihr Leben bestimmt bald im Griff. Sie hörte Tjark und kam herunter.

»Ich koch dir Tee«, sagte sie. Nach all den Jahren hatte er einen sauberen Abschied verdient, obwohl er sie belogen und betrogen hatte. Detje stellte den Kessel auf den Herd und füllte Teeblätter in die Kanne.

»Was hast du mit Janosch gemacht? «, fragte Tjark. Seine Stimme klang gefährlich ruhig. Der Kessel begann zu pfeifen.

»Ich lasse ihn auf die Minute ziehen.« Detje goss das heiße Wasser in die Kanne.

»Was hast du mit …?«

»Du meinst den Kater?« Sie zog den Teefilter heraus. »Der ist kein richtiger Kater mehr.«

Tjark wurde weiß. Seine Gesichtsfarbe verschmolz mit der kahlen Küchenwand. *Ferkel haben wir immer selbst kastriert. Ich kann das!* Detje hatte immer damit angegeben, dass sie in ihrer Ferkelmast die Tiere früher selbst entmannt hatten. Zwei saubere Schnitte und das Ganze ist gegessen. Damals hatte er darüber gelacht.

»Du hast doch nicht etwa …?« Tjark begann so laut zu brüllen, dass sich Janosch rasch auf den Flokati flüchtete, wo er sich wieder zwischen den Beinen leckte.

»Es ging rasch. Kopf in den Stiefel, fertig«, sagte Detje. Noch während sie den Tee einschenkte, ließ sie flüchtig fallen, dass sie Tjark verlassen würde. Schon morgen früh.

»Das wirst du nicht.« Er packte Detje an den Schultern, schüttelte sie, dass sich ihr Zopf auf dem Hinterkopf löste. »Ich zeig dich an! Du bleibst, verdammt!«

Detje machte sich los, hob den Haarkrebs auf und steckte ihre Frisur wieder auf. »Das mit der Anzeige überleg dir lieber. Du kannst machen, was du willst. Nur halten kannst du mich nicht. Es sei denn – du … du bringst mich um!«

Die Worte schwebten durch den Raum und klebten wie in einem Spinnennetz über den beiden. Detje und Tjark taxierten einander mit ihren Blicken und sagten nichts.

Vielleicht sagt man nichts mehr, wenn man kurz vor dem Abschied steht, dachte Detje.

Tjark war schlecht, aber ihm war nicht klar, was größer war. Der Abscheu über das, was Detje mit Janosch getan hatte, oder der Schock darüber, dass sie ihn verlassen wollte.

Er hörte Detje rumoren, sie sortierte noch immer ihre Sachen. Tjarks ziehendes Atemgeräusch war das Ventil für die Schmach, die sie ihm anzutun gedachte. Er konnte sich in seiner Kneipe, im ganzen Dorf nicht mehr blicken lassen, wenn sie fortging. Ganz abgesehen von dem Gejohle, wenn seine Freunde erfahren würden, dass Detje den Kater kastriert hatte. »Da musst du wohl aufpassen, dass du nicht der Nächste bist«, würden sie sagen. Detje hatte recht. Er konnte sie nicht anzeigen.

Zuerst rannte Tjark ruhelos durch das Haus, trat immer wieder gegen den Türrahmen. Dann wurde er ruhiger und verbrachte schließlich die ganze Nacht mit Janosch und einer Flasche Grappa vor dem Kamin. Als er in die Flammen sah und mit dem Schnaps seinen Frust ertränkte, blitzten Gedanken in ihm auf, schossen wild durch sein benebeltes Hirn, um sich dann zu einem deutlichen Mosaik zusammenzusetzen.

Als Detje am Morgen vor die Tür trat, sah sie Tjarks Silhouette im Stall. Er hatte bereits gemolken. Das Scheunentor stand offen, fast, als freue sich Tjark, sie ein paar Minuten schneller vom Hof zu haben. Neben ihrem Wagen lag eine leere Dose Katzenfutter. Janosch schien es gut zu gehen, er hatte schon wieder gefressen.

Detje stieg ins Auto. Sie ließ den Motor drei Mal höhnisch aufheulen, als sie vom Hof fuhr.

Auf der Straße drückte sie das Gaspedal erneut kräftig herunter. Die Pferde auf der Koppel galoppierten davon. Am Bahnübergang sprang die Warnleuchte auf Rot, die Schranken senkten sich. Der Zug war wie meist pünktlich, aber dieser Stopp passte ihr gar nicht, sie wollte nur noch weg.

Detje trat auf die Bremse. Noch einmal. Und noch einmal ...

Der folgende kräftige Knall erinnerte sie an das Knacken von Kandis in heißem Tee. Das Letzte, was sie von diesem Leben mitbekam, war der Nebel, der sich wie die Sahne über ihren Kopf ergoss.

Tjark stand auf dem Hof und hatte Janosch auf dem Arm, als die Polizei eintraf. »Es ging sehr schnell, ihre Frau war sofort tot«, sagte der Polizist und drehte verlegen seine Mütze. »Sie ist einfach durch die Schranken gerast. Selbstmord? Vielleicht waren auch die Bremsen defekt? Es gab viele Marderschäden in der letzten Zeit, durchgebissene Bremsleitungen und so ... Wir melden uns!«

Tjark rieb seine Nase im Fell des Katers. Der Polizist sah ihn abwartend an.

»Entschuldigen Sie, ich möchte jetzt allein sein«, sagte er und schloss das Scheunentor, in der noch die leere Dose Katzenfutter lag. Dann strich er Janosch über den Kopf, der begeistert am Kragen von Tjarks Joppe knabberte.

DAS TRIOMORTABELLA

Im Literaturensemble TrioMortabella widmen sich die drei norddeutschen Autoren Christiane Franke, Regine Kölpin und Manfred C. Schmidt überwiegend ihren Kurzkrimis, mit denen sie, oft musikalisch begleitet, Lesungen gestalten. Das Autoren-Trio ist in der Region, aber auch darüber hinaus, durch zahlreiche Krimilesungen bekannt.

Das Besondere an diesen Leseabenden ist die erzählerische und nicht zuletzt auch stimmliche Abwechslung, die das Publikum genießt.

CHRISTIANE FRANKE

geboren 1963, lebt und schreibt in Wilhelmshaven. Mitglied im *Verband Deutscher Schriftsteller* (VS), bei den *Mörderischen Schwestern*, in der Autorenvereinigung *Syndikat* und im *Arbeitskreis Ostfriesischer Autorinnen und Autoren*. Für diesen Arbeitskreis organisiert und leitet sie Fachseminare.

Auswahl an Publikationen: *Eine Mordsehe*, Roman, (SKN-Verlag, Norden, 2002); *Blutrote Tränen*, Ost-Friesland-Krimi (Leda-Verlag, Leer, 2007); Kurzkrimi *Schlafes Schwester* nominiert für den Deutschen Kurzkrimipreis; diverse Veröffentlichungen in Anthologien, unter anderem im Leda-Verlag.

Homepage www.christianefranke.de

REGINE KÖLPIN

geboren 1964 in Oberhausen. Lebt als freie Autorin in Friesland. Sie schreibt Kurzgeschichten und Romane und arbeitet als Dozentin für kreatives Schreiben mit dem Schwerpunkt Kinder-und Jugendarbeit.

Sie ist Mitglied im *Verband deutscher Schriftsteller,* in der Europäischen Autorenvereinigung *Die Kogge*, im *Syndikat* und bei den *Mörderischen Schwestern*. Auszeichnung und Nominierung einiger Kurztexte, zuletzt wurde sie 2008 für den *Kärntner Krimipreis* nominiert.

Unter ihrem Mädchennamen Regine Fiedler schreibt sie für Kinder und Jugendliche.

Publikationen: Als Regine Kölpin *Spinnentanz*, Kriminalroman, (Leda-Verlag, Leer 2008); *Krähenflüstern*, Kriminalroman, (Leda Verlag 2007); diverse Anthologiebeiträge.

Als Regine Fiedler (Jugendbuch): *Himmel und Hufe*, Jugendroman ab 10 Jahren, (Schenk Verlag 2009); *Herz auf Takt*, Jugendroman ab 12 Jahren, (Schenk Verlag, 2008); *KehrSaite*, Jugendroman (Schmöker-Verlag 2007).

Webseiten: www.regine-koelpin.de und www.regine-fiedler.de

MANFRED C. SCHMIDT

geboren 1956 in Emden, lebt und arbeitet in Esens.
Er ist Mitglied im Verband Deutscher Schriftsteller,
im *Syndikat* und im *Arbeitskreis Ostfriesischer Autorinnen und Autoren.*

Manfred C. Schmidt ist mit seinen Texten in vielen
Anthologien, Zeitungen und Zeitschriften vertreten.
Sein Kurzkrimi *Auf den Hund gekommen* wurde ins
Plattdeutsche übersetzt und verfilmt. Er veranstaltet
in Esens Poetry Slams und Krimilesungen. 2004
gewann er den Jeverschen Poetry Slam. 2007 veröf-
fentlichte er seine Krimisammlung *Mord im Milieu, Norddeutsche Küstenkrimis*
(Lerato-Verlag). Webseite: www.esens-krimis.de

Regine Kölpin
Krähenflüstern
Ostfrieslandkrimi
978-3-934927-95-7
224 Seiten; 8,90 Euro

Regine Kölpin
Spinnentanz
Ostfrieslandkrimi
978-3-939689-13-3
208 Seiten; 8,90 Euro

Christiane Franke
Blutrote Tränen
Ostfrieslandkrimi
978-3-934927-94-0
192 Seiten; 8,90 Euro

Peter Gerdes (Hrsg.)
Fiese Friesen
Kriminelles zwischen
Deich und Moor
978-3-934927-58-2
256 Seiten; 12,70 Euro

Buttler/Ehlers (Hrsg):
Tee mit Schuss
Kriminelles zwischen
Blatt und Tasse
978-3-934927-89-6
240 Seiten; 12,70 Euro

H. & P. Gerdes (Hrsg):
Flossen höher
Kriminelles zwischen
Fisch und Pfanne
978-3-934927-34-6
240 Seiten; 12,70 Euro

Peter Gerdes (Hrsg):
Mordlichter
Anthologie zu den 2.
Ostfries. Krimitagen
978-3-934927-12-4
240 Seiten; 12,70 Euro

Peter Gerdes (Hrsg):
Inselkrimis
Kriminelles zwischen
Strand und Düne
978-3-934927-59-9
240 Seiten; 12,70 Euro

Peter Gerdes
Sand und Asche
Inselkrimi
Langeoog
978-3-939689-11-9
240 Seiten; 9,90 Euro

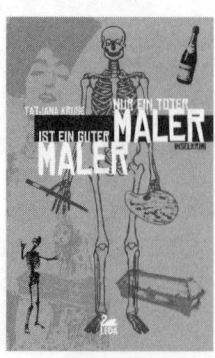

Tatjana Kruse
Nur ein toter Maler
ist ein guter Maler
Inselkrimi – Norderney
978-3-939689-26-3
208 Seiten, 8,90 Euro

Ulrike Barow
Doenröschen
muss sterben
Inselkrimi – Baltrum
978-939689-14-0
224 Seiten, 8,90 Euro

Regula Venske
Bankraub mit
Möwenschiss
Inselkrimi – Juist
978-939689-18-8
208 Seiten, 8,90 Euro